写在

人生的边缘

万亿 著

浙江工商大学出版社 | 杭州

图书在版编目（CIP）数据

写在人生的边缘 / 万亿著 . — 杭州：浙江工商大
学出版社，2021.8
 ISBN 978-7-5178-4409-9

Ⅰ . ①写… Ⅱ . ①万… Ⅲ . ①中国文学－当代文学－
作品综合集 Ⅳ . ① I217.2

中国版本图书馆 CIP 数据核字（2021）第 055902 号

写在人生的边缘
XIE ZAI RENSHENG DE BIANYUAN

万亿　著

责任编辑	张晶晶
封面设计	沈　婷
责任印制	包建辉
出版发行	浙江工商大学出版社
	（杭州市教工路 198 号　邮政编码 310012）
	（E-mail：zjgsupress@163.com）
	（网址：http://www.zjgsupress.com）
	电话：0571-88904980，88831806（传真）
排　版	杭州市拱墅区冰橘平面设计工作室
印　刷	杭州宏雅印刷有限公司
开　本	710 mm×1000 mm　1/16
印　张	15.25
字　数	152 千
版 印 次	2021 年 8 月第 1 版　2021 年 8 月第 1 次印刷
书　号	ISBN 978-7-5178-4409-9
定　价	68.00 元

㉐自序
我有一个文学梦

我这半生，曾经有过许多的梦想，有些梦想实现了，感觉也不过尔尔；有些没能实现，反而一直念兹在兹，譬如"文学梦"。当然，这"实现"的定义见仁见智，我之所谓"没实现"，是因为"文学"既未成为我的事业与生活的主流，也远未达成我心中的目标。细想起来，"文学"于我，恰如生命中的一条暗线，贯穿于我迄今为止的人生轨迹之中，不离不弃，如影随形……许多年过去了，这"影"和"形"的闪现留存，到现在竟至于结集成册，对我来说，也实在算得上一个意外的惊喜了。

勉强一点儿说，我出身于一个文学世家。

我的父亲是上海人，复旦大学新闻系 1955 级学生，因为"右倾"被发配到"岭表"之隅的广西日报社当记者，"文化大革命"中随命运颠沛流离，我出生时他已调到广西师范学院（今广西师大）中文系教写作。我的母亲是正儿八经广西师院中文系毕业生，彼时在桂林一所中学教语文。我的父母虽曾同在广西师院中文系执教与就学，但却并非师生恋，他俩"文化大革命"前就已相识，最初互相看不上，"文化大革命"中一同沦落桂林，年岁已长，只好彼此"将就"。1974年8月，我在桂林出生，算是为我们全家安居桂林举行了一个小小的"奠基礼"。

小时候，我的同学来家里玩，往往第一句话就是"我仔！好多书！"（桂林话）。我的父亲酷爱读书，母亲年轻时喜欢买书和藏书，其结果就是——家里到处是书！这些书中当然是文学类的居多，古今中外的文学名著可谓应有尽有，政治、哲学类书籍也不少。

然而我的文学启蒙与这些书统统无关。我对文字的迷恋发轫于两本"史书"——《春秋故事》和《战国故事》。这套由少年儿童出版社（上海）出版，林汉达、曹余章编写的历史启蒙读物今天已难以寻见。林、曹二先生对中国历史举重若轻的通达表述和亲切晓畅的文字，使我完全沉醉于"老马识途""管鲍之交"等历史的经典叙事之中。要说副作用，这些书极可能造就了我今天"多愁善感"的性格——老先生们写一个历史人物的归宿，往往最后都是这么一句"到了儿，他死在……"，这很让我对人生感到悲观。多年以后，我读《安徒生童话》，每每看到结尾"王子和公主从此快乐地生活在一起"，心中瞬间荡起一股暖流，眼泪止不住地夺眶而出……

唉，可怜我这"成于文学"又"毁于文学"的童年！

"王城"位于桂林市中心，其整个基座为明代靖江王府，建筑遗存主要是民国广西省政府。王城高墙耸立、四门环绕，内有一山，名曰"独秀"，为桂林城标。这自然风光与人文景观荟萃之地便是广西师范学院旧址。10岁之前，我在王城长大，徜徉于历史与山水画卷之余，也得到了缪斯女神最初的眷顾。

　　那时的广西师范学院中文系在国内颇有名气，大师云集——外国文学名家贺祥麟、鲁迅战友林焕平、杂文大家秦似、民国时期无锡国专校长冯振、王力高足陈震寰、"八桂学派"干将欧阳若修……这些"文学大咖"就是住在我左邻右舍的叔叔伯伯，他们的子女或孙子女就是我的同学玩伴。我至今还记得，当时我们一帮"小把爷"（桂林话，小孩儿）每周都会到师院大礼堂去看中文系师生演话剧。师院大礼堂就是民国广西省政府礼堂，二楼两侧设有贵宾包厢，这奢华古典的设计成了我们看戏的"儿童乐园"。具体剧目已经不大记得清了，全是由中外文学名著改编的，似乎有《雷雨》吧。演员嘛，只记得一口"标普"的陈震寰教授，他是北京人，王力在北大的关门弟子，后调回北京，当了国际关系学院中文系主任。

　　大约在我10岁的时候，一本名为《小说创作十戒》的小册子使我第一次对文学创作产生了兴趣。这本书是我在父亲的书架上偶然翻到的。本来对这一类的理论书籍，我当时是毫无兴趣的。然而随便翻开，书中"第一戒"讲写小说如何开"虎头"，举了《新儿女英雄传》的例子——开篇一句"老槐树上吊着个人"，作者紧接着写道："树上吊着什么人？他为什么被吊？是谁吊的他？"一下子吸引了我。一天下来，这本"枯燥"的小册子居然被我翻完了。我当时就有一种跃跃欲试的感觉，现在想来，这就是所谓"创作冲动"吧？这本小册子当时是作为教学参考资料简编的，作者是谁早已记不清了，写作本文时我曾试着上网查找了一下，按时间和内容线索，似乎应该是人民文学出版社的老编辑王笠耘。顺带说一句，这本小册子在近20年后终于正式出版，至今又过去20年了……

1984年，我们全家随父亲调回南宁。

受益于从小的文学熏陶，我的语文成绩一直很好，尤其是作文。中、小学期间，我的作文常常是班里传阅的范文，也经常被学校选派参加各类作文比赛。我高一时借港星谭咏麟《水中花》歌词之意改写的散文《落红》还曾在省报副刊发表，在同学中引起了一阵不大不小的轰动。1992年春节刚过，北大东语系来我校南宁二中招收外交部委培的保送生，当时我正读高三，我以随母亲赴贫困山乡采访经历写成作文《春天的故事》，机缘巧合地呼应了当年的邓小平"南方谈话"，一举夺得笔试第一名。后来，我的保送名额虽因遭受不公正待遇被人顶掉，但此文给北大招生老师以极深的印象，以至于他们回京前一再叮嘱我报考北大，并表示只要总分上重点线即可提前录取我。

其实，我并未真正受过文学创作的系统训练，如果非要说有，第一阶段的训练来自20世纪80年代中期至90年代中期两本期刊的阅读体验——一为《新华文摘》，二为《读书》。《新华文摘》是父亲的最爱，从回报社工作后一直订阅到去世。当时的《新华文摘》人文气息浓郁，不似现在一股"社科"药水味儿。我最喜欢的栏目，一个是《中短篇小说》，一个是《长篇小说梗概》，还有一个是《人物与回忆》。可以说，得益于《新华文摘》，我几乎系统阅读了至今活跃在中国文坛上的老中青三代作家的中短篇名作，而且是反复研读——大小假期时躺在床上看《新华文摘》，是我当时最大的乐事，就凭这一点，我是颇有些"鄙视"那些现在天天"刷"手机的学生的。《读书》是我兄长订阅的，我很疑心他这个从事金融行业且追逐时尚生活的人看《读书》这种"故纸堆"似的读物是为了某种难以言说的目的，但不管怎样，《读书》深刻厚重的人文背景使我的文学思维更加丰富和立体了。

可能是少年的逆反心理吧，我的家庭背景和自幼的文学熏陶，反而使我更加坚定地将"文学"——无论是创作还是研究，排除在我未来的职业选择之外。我当时有个奇怪而固执的想法："文学"是予人消遣的东西，于国家和社会并无大用。当时正值国家"改革开放"初期，"专家治国论"当道，社会上流行"学好数理化，走遍天下都不怕"，我的这种想法实也并不出奇。然而形势终归比人强，我的高中化学并没有学好，如果学理科，拔尖儿很难，心高气傲的我只好在高二分班时进了文科班。我虽然进了文科班，但凡是跟"文学"沾边儿的专业仍然一律被我排除在可能的高考志愿之外，甚至包括我父母和我后来一直从事的新闻传播业。最终，1992 年高考，我以第一志愿第一专业考入武汉大学法学院经济法专业，其中，语文成绩 103

分，高居南宁市第一名——极有可能也是全广西第一名。时至今日，我常常在想，即便不考虑家学背景和自我兴趣，仅从我今天职业的角度来看，我的科班教育选"中文"或"新闻"专业似乎更为妥当。然而，假设永远是假设，人生是不可能以"今是"而觉"昨非"的。

可悲的是，这个"非"不必等到今日，我在上大学后即已察觉。

以流量计，武汉大学如今算得上是一所"网红"大学。时光倒退 30 年，我们读书的时候，不要说网络，连 BP 机都未普及，武大也还没有与武测、水院和湖医等学校合并，它只是作为一个老牌国立大学，略微寂寞地在珞珈山和东湖水的湖光山色间走过了自己的沧桑百年。

我所在的法学院是武大文科的强势专业，号称"珞珈山上的王牌军"。然而我心里清楚，这支"王牌军"的队伍里是断不包括我的。我们那个年代的大学生，尚属末代"天之骄子"，考上大学就基本意味着踏上事业和生活的坦途，所以有些学生就抱持"六十分万岁，六十一分浪费"的理念混日子。说来惭愧，我就是其中的一员。不过这样也有一个好处，就是使我有了更多的时间来发展自己的文学爱好——之前在中学时没有多少时间阅读长篇小说，现在正好补课。当年大学生的文化生活主要有二，一是去图书馆借书还书，二是在新华书店周日开车到学校来售书时购买书籍。我们宿舍同学借的、买的都是法律类书籍，只有我，清一色长篇小说或中短篇小说集。

如果说我第一阶段的文学训练来自中学时代对中、短篇小说的大量阅读，那么，大学四年对长篇小说和作家文集的阅读就是我第二阶段的训练，也是最后一个对文学作品系统阅读的阶段了。回想起来，当时外国作品看得比较少，真正勉强看完的也就是"好看"的《基督山伯爵》和"难看"的《约翰·克里斯朵夫》。国内的长篇则是广泛涉猎，连《青枝绿叶》《金光大道》一类政治性很强的小说集和长篇也看。阅读的方式和中学时读中、短篇一样，先泛读，再精读。那几年，我的床头一直摆放着《红楼梦》《呐喊》，以及几个当时正红的陕西作家和湖北作家的集子，一有空就反复翻看。《红楼梦》和鲁迅先生的作品自不必说，路遥的《平凡的世界》、贾平凹的《废都》、陈忠实的《白鹿原》、高建群的《最后一个匈奴》等长篇和池莉的《烦恼人生》等中短篇都对我影响较大。说到《平凡的世界》，可能有些人觉得这部作品文学性不强，但年轻的我在第一次阅读时，分明感受到了一种"内心生长的力量"。及至读到路遥为创作这部鸿篇巨制撰写的创作谈《早晨从中午开始》，我更是为作家追求理想的热情和毅力所折服，它使我心中几乎熄灭的文学火种又一次熊熊燃烧了起来。

只是毕业的日子临近了，相较于文学鉴赏能力，我的法律专业水平却不尽人意。当时我们毕业后的主要出路是公、检、法、司，或者去企业搞法务，但无论是哪条路，都并非我喜欢且擅长的。

好在我担心的事情终于没有发生。世事难料，我居然"子承父业"，进了媒体从事新闻工作——这不正是我当年极力逃避的职业选择吗？唉，人总想逃避命运，却总在人生的半途与命运不期而遇。

新闻是文学的近亲。搞了快 30 年新闻，我一直以为：新闻工作，至少业务工作的基础应该是文学和艺术。2011 年之前，我一直从事新闻业务工作，获奖成果颇为丰硕，抛开所谓"新闻敏感性"一类玄而又虚的东西不说，文字功夫过硬是我自认为成功的业务基础。许多搞平面媒体的人总认为我们搞电视的靠声音和画面说话，往往文字表达不行，其实，那是他们的误解。电视解说词既要传情达意，又要与声音画面配合得天衣无缝，实在也不是一件容易的事。我的秘诀在哪？就是坚持订阅纯文学杂志《收获》。后来我当了新闻评论和新闻调查类栏目的制片人，也曾要求栏目的编辑记者订阅《收获》。为什么？中文表达的最新和最高境界，通过《收获》这种顶级文学期刊也可略见一斑了吧？

2011 年，世事再次难料，我在"当打"之年退居"二线"，转而从事新闻教育工作。半路出家，生理与心理的挑战都是巨大的。如何排解心中的郁闷？我自然又想到了文学。这样便有了《关门开窗》和《空中楼阁》两个中篇。《关门开窗》是以我的职业经历和感悟为背景创作的中篇小说，发表后有些前同事认为我在影射原单位某些人和事，这涉及生活与艺术的关系问题，我自是不屑也不愿作答的。《空中楼阁》有我的生活经历，但主要取材于当年轰动一时的"广屋诈骗案"，体现了新闻出身的我对社会现实问题的关注，也十分契合当下"房住不炒"的大政方针。

好的开始是成功的一半，我本来想借这个势头继续自己的文学创作之路，没曾想，随着我在高校的教学科研主业渐渐上了轨道，我几乎再也抽不出时间来兼顾自己的文学爱好了。好在我的工作还时有与文学的牵连——本书选编了一些我的文学研究论文、访谈和散文，其目的，一来为了"凑数"，二来也算是为自己的文学研究和创作经历做一点资料保存吧。

写到这里，我对于本书出版想说的话已近尾声，然而我确乎知道，自己的"文学之梦"还远没有做完。我和父亲两代"新闻人"，60年前，父亲因为新闻工作离开了故乡上海，60年后我又因新闻工作回到上海，这种机缘巧合使我油然而生一种把我的家族史和新中国一甲子的新闻史结合在一起记录下来的使命感。父亲走后，我的创作冲动和紧迫感愈发强烈，为此，我做了大量的相关史料和资料准备，现在苦等的，就是一段天赐的时间，一个创作的契机……我想，等到这个目标实现的时候，我的"文学梦"也就该圆满了罢？！

万亿

辛丑年春节于闵行凤凰城

目录

研究·思考

小说

NOVEL

关门开窗

1

　　方为是电视台都市频道综合管理科的科长，主要管节目的
编排播出，也兼一些频道的行政杂务，在频道，这是个不上不
下的角色。频道像他这样的科级主管，什么科长制片人之类的
干部，就有七八个。关键是电视台号称业务单位，栏目制片人
管节目的生产，有一定的人权财权，工作比较有社会影响，容
易出成绩，一句话，名利双收。像方为就不同，虽然也是科长，
但工作烦琐，都是替人作嫁衣，工资奖金只能拿频道的平均数，
而且长年没有自己的作品，要评个职称都不容易。进台十几年
了，与他一同毕业来的同事大多已是副高职称，而方为去年才
得中级。老婆常抱怨他，在业务单位搞行政，他真是走错了路。
但现在要转换"跑道"去做节目，对年届不惑的方为来说显然

太迟了。

　　这样的境遇摊在别人身上，内心的焦灼可想而知。但方为想，人生就是这样，一扇门对你关闭，也许一扇窗就为你打开，自己能进电视台工作，能按部就班当上科长，也是一个聊以自慰的过程了。他想起大学时一位老教授说过的话——当时是 20 世纪 80 年代末，他们考上大学还是很风光的，不像现在大学生如晚饭后街心花园里的狗——满地都是——你们不要以为上大学很了不起，这只不过是人生为你们打开的一扇门而已，而其他诸如参军、打工、务农、学手艺、做生意等其他人生的机会之窗，就基本对你们关闭了。方为当时正沉浸在成为天之骄子的喜悦中，心中很不以为然。等到毕业后工作忙忙碌碌十来年，回头一看，他的中学同学里，混得最好的还真不是他们这些当年的大学生。方为曾经百思不得其解，后来他想通了：这十几二十年，正是中国经济社会经历深刻变化的时代，随着财富的增长，身份的转换，外面的机会自然比学校里、单位里的多，当然，风险也同样大多了。

　　其实，性格也是这样。方为从小就很羡慕聪明人，因为他反应慢，自认为智商不高。然而在单位混了这些年，他发现许多聪明人往往骄傲、急躁，有时也会败事，而且往往败大事。而反应慢呢，也有好处，行事说话显得比别人稳重、踏实。比如他自己，做节目一般，可看在领导眼中，反而是踏实肯干的事务型人才。别以为业务不行就一定没有机会，生活为他打开了另一扇窗，他做了五年记者以后，就调到综合管理科，从科员做起，一路当到了科长。和他一起分进台里的张贻弓，重点大学毕业，一直在频道的民生新闻栏目搞采编，从记者一直做到制片人，拿新闻奖拿到手软，平时在台里属于走路生风的人物，可方为一点儿也不觉得自己比他混得差，因为他知道，张大制片人的烦恼要比他多得多。

一年前全台干部竞聘，张贻弓报了个频道副总监，大家都以为非他莫属，因为与他竞争的其他几个候选人无论是年龄、资历还是业绩，都与他相差甚远。竞聘的过程不出意料，张贻弓顺利入围，然而在群众评议和公示期出事了。首先是张贻弓的群众评议不好。张贻弓脾气急躁，加之一直做新闻，什么事都雷厉风行，对自己要求高，对别人要求更高，如此一来，得罪的人不在少数。而且，张贻弓在频道里一直属于两派斗争的核心。都市频道的节目分两大块，一块是民生新闻，另一块是综艺节目，这两大块节目占据了频道六成以上的人、财、物资源，两个分管的副总监连带两个栏目的制片人以及手下编辑记者等虾兵蟹将，一直明争暗斗。频道的何总面对这种状况，不但不制止，反而有意玩弄权术，大搞平衡，乐得坐山观虎斗。

那次竞聘，是因为分管民生新闻的副总监被台里调到新闻中心搞时政新闻去了，按说应当是张贻弓接班的，但是，另一位副总监和他的手下不愿意看到张贻弓捡个便宜。张贻弓的对立派当然反对他，其他几个栏目的制片人和几个科的科长平时是骑墙派，如今也团结一致反对张贻弓。为什么？很简单，本来大家各方面条件差不多，你一上去，就显得我不行了，如此一来，还不如都不上去。于是，广电局人事处来台里做民意测验时，大家说了张贻弓许多意见——诸如搞有偿新闻，收红包，有经济问题；不听宣传部招呼，乱发稿，乱搞舆论监督，有政治问题；与栏目女主持眉来眼去，有生活作风问题……

最后的结局是，局里、台里认为：张贻弓的工作是有成绩的，但是，担任频道领导还需要磨炼，副总监一职暂时空缺，民生新闻栏目由何总监亲自分管。

天晓得，大家说的意见并非完全信口开河。问题是，一如夫妻或部门同事，大家近距离生活、工作了这么多年，有谁的一言一行能经得起严格意义上的干部标准检验呢？很多东西，大家平时见怪不怪，可一旦较真儿，当事人却百口莫辩。

张贻弓是台里有名的业务尖子，得过中国新闻奖，领导对他也还算认可，平时与大家相处的关系也还可以，结果这下无端地平地栽了一个跟斗，上上下下都紧张起来，弄得他到现在都是灰溜溜的，抬不起头来。方为有一次和别人聊起这事，谈到原来骄傲如公鸡般的张贻弓如今在频道里像只缩头乌龟，不由得感叹一句：世事变幻，若白云苍狗啊！

星期一上午，频道开例会。以前，星期一的例会是全频道所有人都要参加的，这几年频道上的栏目多了，编辑记者后期行政人员一大堆，频道会议室根本坐不下，总监再无法对着一大群人唾沫横飞过干瘾，只好开科长制片人会。

总监、副总监、科长、制片人、副科长、副制片人七七八八也有二十来人，也能把会议室基本坐满。看似杂乱的会议室，其实座位很有讲究。比如靠墙对着门的一排座位，照例是总监和副总监坐的，旁边的座位空着也不会有人坐；而面对领导们坐的，自然就是科长们，但只有正科长、正制片人才会坐第一排，副职们只能在第二排坐加座；第一排的正中间，一定是新闻、文艺两个栏目制片人的专座，就算他们出差，也不会有人去坐，空着就空着。方为的位置不错，坐在长条会议桌的顶端，两排的中间，因为他要做会议记录。方为觉得不错，是因为他可以将每次开会时领导们的故作官态与下属们的故作媚态尽收眼底，聊以打发开会时无聊的时光。

今天开会时间过了十分钟，总监对面的座位还空着——新闻栏目制片人张贻弓还没来。张贻弓没来，总监就有点恼火，因为开会照例要从新闻栏目讲起，而且也是开会的主要内容。接受指示的人没来，发布指示的人顿时就像已经点了火却失去了目标的大炮，心中的郁闷可想而知。

总监正要叫方为给张贻弓打电话，自己的手机先响了。电话是办公室韦主任打来的，韦主任在电话里气急败坏地说，张贻弓在大门口跟保安打起来了，叫何总到传达室去领人。韦主任电话里的声音大得开会的人大都听见了。何总接完电话，气得骂娘，自己又不愿屈尊去传达室领人，就叫方为速去大门口"把那个家伙抓回来"。

方为马上赶到大门口传达室，看见张贻弓正捂着被打青的右眼斜靠在传达室的沙发上，旁边围着几个保安和办公室的人，还在七嘴八舌地指责张贻弓。张贻弓似乎锐气已挫，闭着双眼，一声不吭。方为心中一酸，他叫了一声老张，抓住了张贻弓的手。

张贻弓睁开眼，看见是他，正要起身，却被方为按住了。或许是看到本部门的人赶来了，张贻弓有些激动，眼圈红了一下。方为顾不上询问事情经过，关切地问他伤得怎么样，要不要去医院。张贻弓顺从地站起来，任由方为扶着往外走，一边却答非所问地来了一句"我就是不服这口气"。

张贻弓的不服气，在方为看来，就是一种与外界不合作，对外界不妥协的心理状态。张贻弓经常会为一些小事与一些莫名其妙的人莫名其妙地大闹一场，久而久之，大家也觉得他有些莫名其妙。

比如像今天早上，各部门都要开例会，张贻弓来的时候，台里已经没有车位了，保安就没有放他的车进去。不进去就不进去，没有车位很正常，谁让现在私家车这么多呢？张贻弓把车停在大门外的路边车位，正要步行进台，恰好看见办公室的一哥们儿大摇大摆地开着车进了台。门卫保安都是归办公室管的，别人看见了也就看见了，最多偷偷骂一句了事。张贻弓就偏不，他立刻上去质问保安，为什么他的车不让进，而办公室人员的车什么时候来都可以进？保安狡辩说正好有一辆车出去，空出一个车位。这句公然的谎话更是激起了张贻弓的义愤，他说自己就把车停在大门路边，前后不过两三分钟，而且他一直瞄着大门，根本就没有车出去。因为没有别的人在，张贻弓与保安就"鸡生蛋、蛋生鸡"地争了起来，这时传达室里的另一个保安跑了出来，貌似公允地作证刚才的确有一辆车出去。如果说张贻弓此时像个炮仗，那么这句话就是点燃炮仗的引信。张贻弓不能接受这种明火执仗的欺负，他悲愤地拍了桌子，说你们怎么可以这么无耻？怎么可以光天化日之下空口说白话？你们算什么东西？张贻弓一连串的逼问，加上拍桌子跳脚的气势一时镇住了两个保安，但很快，他们反应过来了，并且听清了张贻弓骂他们"算什么东西"。

电视台是个大单位，有一千多号人，这一千多号人里有男人有女人，也有领导和群众，但更重要的是：有身份不同的人。身份最高的自然是有编制的正式职工，接下来是没有编制的正式职工，再下来是台聘的编辑记者和台聘的临时工，最底层的是所谓劳务公司聘请，然后派遣到电视台出劳务的编辑记者和临时工。身份不同就意味着政治待遇和福利待遇的不同，虽然大家平时嘴上不说，可心里明白得很。无论从哪方面来说，门卫保安都是台里员工的最底层，如此一来，他们对自己的身份就特别敏感，总觉得别人小看了自己。

张贻弓今天算是撞到了枪口上。别看保安整天待在大门口，他们对台里形形色色的人自有观察，对张贻弓这种平时牛气冲天的所谓名记者，早就看不顺眼了。本来台大院里还有几个车位，但那是给办公室领导留的，因为保卫科归办公室管，谁还没个领导呢？别人都是眼开眼闭，可这个张贻弓，不但公然拿出来说事，居然还骂人。这两个保安想，你既然骂我们不是东西，那我们就教训教训你这个东西。别看保安在台里地位低，可光脚不怕穿鞋的，除了自己领导，谁都不怕，因为他们已经是最底层，收入也不高，大不了这份工作不做，反正到处都在招保安。现在是民工好找工作，难找工作的是大学生。

就这样，两个保安与张贻弓打成了一团。说是打成一团，其实是张贻弓被打成"团"，衣服撕破了，眼睛打肿了，还流了血。张贻弓吃了亏不算，保卫科的人还恶人先告状地把办公室韦主任叫了过来。韦主任是转业军人出身，据说在部队时当过团长带过兵，喜欢标榜自己爱兵如子，也就是护犊子，现在转业到电视台，无兵可带，无"子"可爱，就拿手下这三十多人的保安队过瘾。对于张贻弓这种自以为是的知识分子，行伍出身的韦主任平时就不待见，这次正好挫挫他的锐气。韦主任象征性地批评了两个保安不该打人，转身就指责张贻弓没有证据不该不负责任乱说话，更不应该骂人，而且，作为一个栏目制片人，太不懂事，居然跟保安打架，传出去，他都替张贻弓脸红。话一说完，韦主任自己就立刻将这事传了出去——打电话给都市频道的何总，叫他来领人。

方为扶着张贻弓到台对面的民办医院包扎处理伤口。看着张贻弓疼得龇牙咧嘴的样子，方为心里也不好受。他是个有同情心的人，自己做片子不行，却一向尊重片子做得好的人。自己频道的业务中坚被别人打成这样，在他看来是难以忍受的。

张贻弓头上缠着纱布，但脑子看来没什么问题，今天上午要开例会，他记得很清楚。他对方为说："你替我跟何总请个假，上午的会我就不开了，下午审片我再来。"张贻弓知道他不去开会，何总许多高屋建瓴或是诙谐幽默的指示无法下达，会憋在肚里很不高兴，但这几年他对频道充满了怨恨，乐意让领导多一点不高兴。

方为说："你就安心回去休息半天，我跟何总说。"他想劝老张几句，但想想还是没有开口，他知道以张贻弓的个性，这个时候肯定听不进劝解的话。在方为看来，保安打人固然不对，但平心而论，张贻弓实在没有必要跟两个二十出头的小保安闹成这样。像私留停车位这种事，台里上下谁不知道，分管台领导都不说，你又较什么真儿呢？如果你当了办公室领导，手下给你留了个车位，未必你还把他骂一通？这么一想，方为又觉得韦主任的话很有道理。做人要留有余地，懂得退让，受得委屈，方为觉得自己一路走来，就一直是忍辱负重。当初刚分到台里的时候，先是做摄像，可方为人长得瘦小，又是高度近视，拍的东西不是机位太低就是聚焦不实。领导又让他学着写稿，可方为跑跑时政，写点官样文章还行，要他弄点新鲜热辣的民生新闻、观点犀利的监督报道就露怯了。这么混了几年，眼看同来的张贻弓左一个奖右一个奖的拿了回来，他又被领导调到综合科打杂，从发奖金到管磁带，再到节目的编排播出，方为在别人的呼来喝去中认认真真一件一件学着做，终于也做到了科长。综合科科长的工作很烦琐，一般台里觉得自己业务有发展的人都不愿意做，但方为很乐意，他又不是风流才子，潇洒偬傥的生活与他无关。

但张贻弓就不同。他是重点大学科班毕业的，分到台里就感觉自己高人一等。十几年干下来，张贻弓如鱼得水，奖也拿了，职称也得了，制片人也当上了。而且，由于是本城影响最大的民生新闻栏目制片人，张贻弓明里暗里在外面收到的社会效益和经济效益都很不错。然而生活就是这样，为你打开了这扇门，就关上了那扇窗。张贻弓业务拔尖，就暗暗招来许多人的嫉恨——无能的人嫉恨他能干，能干的人嫉恨他机会好。而且，张贻弓是那种聪明写在脸上，藏都藏不住的人。老天给了人聪明，就同时给了这人自负、清高，这种人在单位里随时随地都在得罪人，可悲的是，他自己往往还不知道。

当然，这两年张贻弓的脾气越来越坏，还有一个重要的原因，就是对台里和频道充满了怨气。他自己认为，按他的工作业绩和能力，早就该当上副总监了，他之所以没当上，虽然上面的解释或是不够成熟或是群众评议太差，可根本原因还是领导没看上他。频道何总对张贻弓本来没有什么意见，但他不愿意让一个有可能取代他的人当他的副手。张贻弓这几年业务上进步很快，在台里声望越来越高，使何总总有一种不安全感。他巧妙地利用了群众的意见，就使张贻弓的提拔流产了。

张贻弓上不去还有一个原因，就是关键时刻没有台领导替他说话。这年头，除非你的背景很硬，否则要想当官没人拉你一把是不行的。张贻弓总觉得在业务单位凭业务本事吃饭就可以了，从来也不去台领导那儿联络联络感情。以至于上次竞聘失败后，张贻弓去找分管的台领导诉苦，领导一句"新闻无官，你可以做名记者嘛"就把他打发了。

2

方为把张贻弓送回家，给何总打了个电话，把大概的情况说了一下。何总在电话里把张贻弓骂了一顿，完了对方为说："你现在到我办公室来，有件事和你谈一下。"方为接了电话愣了一下，何总经常叫他干这干那，但用这么正式的语气跟他说话还不多见。方为是个以退为进的人，但他的敏感性却很强，看来，何总要跟他谈的绝不是一般的事，他立刻回到台里，到了何总的办公室。

何总说："小方，坐。"

方为在沙发上端坐下来，努力保持一种谦恭的姿势。

何总再次询问了早上张贻弓的打架事件，方为知道这是谈正事的前奏。他耐着性子再次把事情的来龙去脉说了一遍，这次何总听完没有再骂张贻弓，而是长叹一声："唉，小张还是不成熟啊！"

话锋一转，何总忽然认真地说："今天，台领导把我叫去，说我们频道还是要抓紧补一名副总监，民生新闻节目很重要，没人专门分管不行。我想了一下，如果要从频道里找，你比较合适。"

方为的心紧张得跳了起来，像欢快的小鸟就要展翅飞翔。不过，他很快就让自己平静下来，做出谦逊、认真的表情，表示随时都在等候何总的进一步指示。

其实，方为知道，何总并不急于补充一名副总监，审片嘛，张贻弓和他的副手在业务上还是令人放心的，制片人总是要比副总监好管理些。

方为正在胡思乱想，听到何总问他："怎么样？"

方为马上说："怎么轮得到我？我们频道的能人多了，哪个不比我强？"

何总说："那你说谁来当？张贻弓？就他今天的所作所为，就没个领导的样子嘛，自甘堕落。其他几个制片人，从没搞过新闻，再说他们现在的工作也很重要，也不合适。你做过记者、编辑，也搞了这么多年行政，资历经历都可以嘛。"

何总跟方为分析来分析去，认为只有他最合适，而且，频道上下都能接受。

方为说："我在业务上没有什么成就，怎么能服众？"

何总说："你这种观点本身就是错误的！业务尖子就应当让他们去搞业务，领导是干什么的？是服务的！用不着你业务上有什么建树，你只要能给业务上有建树的人服好务就行。从这一点上说，你最合适。"

这话倒是不假。这么多年，频道上上下下哪个人没有或多或少的让方为帮过忙？大家的工资奖金、福利待遇，哪样不是方为经手的？平时频道里的大小杂务，七七八八，有哪件不是方为牵头处理的？知识分子往往志存高远，不屑于凡俗杂务，当别人出去拍片采访时，当别人回来编辑制作时，他给很多人解除了后顾之忧，频道没有人不说他好的。

可现在要方为当副总监，他跟别人就成了竞争对手，这又让他感到心虚。他仔细想了想，觉得第一个跳出来反对他的，可能就是张贻弓。张贻弓也不是光反对他，任何一个何总提名的人，他都会反对。今天张贻弓被打了，方为既同情他，又觉得这倒也是做做张贻弓工作的一个机会。

中午下班的时候，方为去饭堂打包了盒饭拿到张贻弓家里给他。方为和张贻弓住对门，当初台里选房的时候大家分数一样，就做了邻居。方为的老婆是小学老师，女儿就在妈妈的学校里上一年级，家庭生活正常而幸福。张贻弓的老婆是正正规规北京广播学院播音主持人专业毕业的高才生，跟张贻弓是同校同级不同专业的同学，当初分回本省也是说好进电视台的，可没想到回来后被局里调配到隔壁电台当了播音员。张夫人业务强形象佳，天生丽质难自弃，一直想调到电视台当主持人，但每次接近成功却总不如愿，三年前彻底死心，一气之下移民去了加拿大，据说在当地一家华社小电视台采编播一肩挑。按照当地的法规，张贻弓也可以跟去，但当时他的事业正如日中天，舍不得去，夫妻俩就这么远隔重洋地分开了，还好他俩没有小孩。方为认为他们一定会离婚的，方为的老婆则认为未必，以张贻弓的性格，说不定哪次碰了壁，栽了跟斗，就会追随他老婆而去的。

由于是一个人过日子，准单身汉张贻弓的一日三餐除了在外吃请就是在饭堂解决，今天挨打回家休息，中饭正准备泡方便面，没想到方为主动给他带来了盒饭，心中不禁感动起来。他想，小方业务上是差点，可为人是真好，自己以后也该关心关心他，下次有好作品时也署他一个名，这样他评副高职称就好办了。想到这里，张贻弓又被他自己感动起来，他想，谁说我眼里只有自己，我也很关心同志嘛，而且关心得非常到位！

方为坐在张贻弓旁边，一边看着他吃饭，一边小心规劝他，说："老张，发这么大火干吗？现在就这个社会风气，县官不如现管，保安给办公室的人留几个车位，没什么大不了的，全台谁不知道，你一个人较真能解决问题？"

张贻弓说："我就是咽不下这口气！办公室、后勤是干什么的？是服务部门，是为我们这些采编一线的人服务的，我们才是电视台的主力军，我们才是电视台财富的创造者！只有业务不行的人才去搞行政、搞后勤！现在颠倒过来了，我们搞采编的是孙子，搞行政搞后勤的是大爷！"

张贻弓只顾自己嘴巴爽，却忘记了给他打饭、坐在他旁边的人就是一个业务不行而去搞行政搞后勤的人。可方为不动声色地听着，不但没有生气，脸上露出的也还是同情。方为又不咸不淡地劝解了几句，看看也无法与张贻弓展开深谈，就回家去了。

中午老婆不回来，女儿跟她在学校里吃饭午休。方为在饭堂吃了中饭，回到家里就斜靠在客厅的沙发上看电视。方为有个毛病，中午正儿八经脱衣上床睡不着，只能在沙发上看看报纸看看电视，然后迷糊一下。现在许多电视台中午往往会放一部我国香港的老电影博收视率，今天放的这一部恰好是方为喜欢的，古惑仔们打来打去，也是争权夺利，到头来反而弄得家破人亡。方为常常想，古往今来，又有哪个是常胜将军呢？真正活到最后，真正笑到最后的，反而是那些功夫不行又善于在人前示弱的人。

他又联想到张贻弓，这样的人的确有才能，可却是典型的智商高而情商低，如果在影片中，就是给别人当枪使的人，最先送命的一定是这样的人。

方为这样想着，老婆开门进来了。方为问老婆怎么回来了。老婆说回来拿本教学参考书，女儿在她的办公室睡午觉。方为本来想晚上再跟老婆说何总找他谈话的事，可忍了一下没忍住，就跟老婆说了。

老婆很奇怪，说："他怎么挑上了你？"

方为说："我怎么知道？也许他觉得我对他没有威胁，又好使唤呗。"

老婆想了想说："那倒也是。"她心里明白，只能是这个理由。方为的业务能力她知道，他只能靠这个和人家竞争。

方为的老婆虽然只是个小学老师，可是很有见识。当初她看上瘦瘦小小的方为就是觉得他外表一般、能力一般，可是很有安全感。她心里一直有个小九九，不希望自己的老公在外面混得太好，如今的社会，混得好的男人对妻子对家庭不一定是好事，而家庭生活的稳定、安逸对她来说才是最重要的。

过了一会儿，老婆问："你愿意当那个副总监？"

两口子不说假话，方为说："毕竟是提拔，谁不想？收入也会增加一块。连张贻弓这么清高的人都想当，何况我这种俗人？"

老婆劝他说："算了吧，现在挺好的，当上了就没有那么多安稳日子过了。"

方为知道老婆的小九九，无非是觉得电视台是个大染缸，怕他升了官经不住诱惑，就安慰她说："没事，我还是处处和以前一样不就行了？"

他回答得非常自信，老婆只好不再说什么。屋里安静下来，只有电视里打打杀杀的声音，夫妻俩各怀心思，边看电视边迷糊过去了。

下午上班，张贻弓主动跑到方为的办公室跟他聊天。

方为虽然只是科长，可他也是一个人一间办公室，因为他的办公室里堆着频道的许多杂物。

在频道里，张贻弓常常觉得自己很孤独，特别是在去年竞聘的事情以后。今天，方为的一顿午饭送得他心里暖融融的。知识分子心理脆弱，也就特别容易感动，他觉得中午没有跟方为聊尽兴，下午一上班，就找方为来了。

他找方为的目的，是想倾吐心中的愤懑。因为他潜意识里觉得方为各方面都不如自己，对自己没有威胁，人也还算老实，而且相熟这么多年了，倒是个合适的倾吐对象。

张贻弓旧事重提，说："我完全是憋了一口气，不然不会这么冲动。我工作将近二十年了，没跟单位同事这么冲突过，他们实在是欺人太甚了。"

方为说："我了解你，但别人不一定了解你，你早上干吗这么冲动呢？这个影响太不好了。"

张贻弓说："我知道，我出了这件事肯定会让何总高兴的。我办的就是亲痛仇快的事。"

方为没有说话。他在想，只要不是傻瓜，其实每个人都明白，冲动是魔鬼，遇事要冷静，但为什么聪明如张贻弓者，还是屡屡犯忌呢？看来，还真是性格决定命运呀！没事的时候大家都在装，可真的一遇到事，差别就出来了。

张贻弓终于把他想说的话引到了正题上。他开始列举何总的种种劣迹，说他利用频道的民生新闻栏目达到个人种种卑劣的目的，得了便宜还卖乖，等等。

方为静静地听着，其实他对这种事毫无兴趣，哪个掌权的人不或多或少地利用一下手中的权力呢？他自己也经常拿些频道的办公用品回去给老婆女儿用。可他还是用鼓励的眼神看着张贻弓，他愿意在此时此刻扮演一个良好的倾听者，让对方说下去。

张贻弓接着说："我帮他做了这么多事，他不但不帮我，还搞我！去年群众评议的事，都是他搞出来的，他以为我不知道，谁都不是傻子，后来我全知道了。他就是不想要我上，手段太卑鄙了！"

方为说："都是过去的事了，就别想了，自己给自己找烦恼干什么？"

张贻弓说："过去了吗？我可没想让他这么过去，我跟他没完！听说了吗？台里还是要在我们频道补一个副总监，据说老何已有属意的人选，但我一定要再去争取一下，一定要给他个难堪！"

方为的眉头跳了起来，看来真是条条"小道"通消息啊！这年头，人人都是"路透社（透露社）"的记者。

但张贻弓沉浸在自己的思绪中，没有注意到方为脸色的变化，仍然在说着。

方为努力让自己镇静下来，静静地听着张贻弓的话，心里却在想着何总跟他的谈话。如果知道何总想提他做副总监，张贻弓该怎么看他？还会这么信赖他吗？

他忽然不想再跟张贻弓谈下去了，便起身说："对不起，老张，我现在要到计财部去核一下这个月我们频道的奖金，我们改天再聊吧。"

"怎么，这就要去吗？"张贻弓的眼神一下变得茫然起来，他觉得自己的话还没有说完。在频道里，张贻弓一直觉得方为还是一个可以信赖的人，现在这个社会，可以信赖的人比能干的人要少得多，从这一点来说，张贻弓认为方为也是一个内心很强大的人。

坏事传千里。张贻弓回到自己办公室，栏目组的人都知道了早上的事，纷纷过来对他表示同情和支持。张贻弓知道，大家一边倒地支持他，是因为他是这个栏目组的领导，心里面，不知有多少人笑话他呢！人总是要同情弱者，把弱的扶起来，把强的摁下去，摁不下去的，大概就是伟人了。在这件事情上，虽然挨打的是他，可大家还是会觉得他是强者，而对方是弱者——堂堂一个制片人，去欺负两个小保安，别人一定这么说。搞了这么多年新闻，这点对舆情的判断能力，他自认为还是有的。

其实，这也是张贻弓最痛苦的地方。他总是忍不住去做很多事，但是做完之后无一例外总觉得自己做错了，这样的痛苦是加倍的。

枯坐在自己办公桌前，呆呆地喝着茶，张贻弓想完了打架的事，又开始想提拔副总监的事。他上个星期就听说了此事，不过，也同时听说了何总还是没有推荐他。想到这里，他的心又开始燃烧起来，他对自己说，他是广院科班出身的专业电视人，在他这个年龄段的采编人员中，论业务水平、业务成绩，他在全台也是数得着的，难道台里不该给他安排个位置吗？在张贻弓眼里，领导干部就应该根据业务水平来任命，他理所当然该当频道副总监。

张贻弓在想副总监的事时，方为也在想同一件事。他并没有去计财部，只是不想继续听张贻弓骂何总，毕竟何总这么看得起自己。他虽然不至于去何总那里打张贻弓的小报告，但也不想让别人看见或是听见张贻弓跟他在一起说何总的坏话。

方为知道，张贻弓总觉得领导对他不公，但采取这种对抗的方式却永远不可能实现他眼中的公平，他唯一能做的事就是使别人不愉快。这种内在的虚弱与外在的强硬使他一生都只能处在患得患失、焦灼不安的状态中。方为觉得，即使与自己相比，命运也没有特别善待张贻弓——为他打开智商的大门，却关上了情商的窗户，现在在社会上混，情商往往比智商重要百倍千倍啊！

那么自己呢？命运会善待自己这一生吗？方为忽然之间感觉很累，心累，这其实是一种衰老的表现。他想自己已经四十岁了，时间并不宽裕，于是那个副总监的位置就变得尤为重要了。一切都是为了让自己与家人的日子过得好一点儿，人无非是那么一点点可怜的欲望，想让自己混出个人样儿来，想出人头地，这有什么错呢？他业务上无法与人相比，那么衡量他一生的东西是什么呢？也许就是那个位置。别人可以自称名记者、名主持人，他该怎么说？女儿渐渐长大了，她又该怎么跟别人介绍自己的父亲呢？

3

几天以后，何总又找方为谈了一次话。何总说，我已经跟台里说了你的情况，明确表示你是副总监最合适的人选。

方为极力地否认着，说自己条件不够，可在内心里，他感觉幸福像花儿一样开放。

回到自己的办公室，他就想，我一定要当上，当上是为了证明自己。他觉得在频道里，没有一个科长、制片人比他更需要副总监这个位子。"张贻弓"们潜在地反对，根本无法阻挡他向着那个目标进发。

张贻弓的伤恢复得很快，医生说伤不重，只是表皮裂了个口子，现在已经快长好了。

这几天，频道要提一个副总监的消息开始发酵。有人群的地方就有左中右。有些乐于看戏的人，他们自己没什么才能，也没有什么雄心壮志，他们的乐趣是观赏别人争斗，让周围不断出现新的戏剧性事件。

频道其他科室和栏目组的人开始到张贻弓这儿串门。这些人无一例外地打着关心他伤势的旗号过来，也无一例外地带来了各种各样的小道消息——

哎呀，老张，你上次就早该得了！

你的能力、你的业绩，明摆着嘛。

为什么不得？你这种书呆子，别人搞关系，你去搞业务，两回事嘛。

这样的话张贻弓爱听，何况说这话的是一个漂亮的女主持人。他从这里听到了安慰，也一厢情愿地听到了别人内心对他的支持。

关于副总监的人选说法很多，都是频道里的业务骨干。这些人各有各的支持者，上面也都有欣赏他们的人。平心而论，这些人哪个都不弱，要不是涉及自己的利益，张贻弓谁都支持，但现在有一个自己摆在那里，他就觉得谁都不够格。

张贻弓虽然在办公室坐着，心却静不下来，每个同事都给他带来了新消息，这消息使他的眼睛熠熠生辉。他的伤已经好得差不多了，体内那股不安分的血液又开始欢畅地流动，对抗的天性再一次在他的身体里复苏，他渴望着以强硬的姿态来面对眼前的一切。

有时他也问自己，真的那么想当官吗？当一个邵飘萍、范长江那样的名记者难道不是他长久以来的梦想吗？不过，他现在心里想的是，当了副总监也可以当名记者，当上名记者却不见得能进入权力中心。一年来，他遭受了一连串的打击，这些打击使他对权力的认识更加深刻了。现在他要把一切理想、一切自我设计都抛开，跟着别人去追逐权力。他总是相信自己强大。过分夸大的自我，经同事们有意无意的鼓励后，一而再再而三地张扬起来。随着新一轮机会的来临，他渴望着实现自己的人生价值。

方为熬了两个通宵，写了一篇关于民生新闻改革的文章。按照何总的设计，方为的这篇文章将被安排到台里的内部刊物最新的一期发表，为他的晋升预热造势。多年没写论文了，方为上网查了很多资料，又让老婆帮他在文字上把关，润色了一下——老婆文字功夫比他强不少。

何总看了方为写的文章，虽然观点基本属于舶来品，不过还算差强人意。他提了几点不大不小的意见，让方为拿回去再修改一下。

方为二话没说，老老实实地拿着文章回了自己的办公室。文章和孩子一样，总是自己的好。在方为看来，何总的意见都是多余的，但他仍然按照这些意见做了修改。在这一点上，方为跟张贻弓截然不同。张贻弓的稿子，何总都轻易动不得，他总有理由坚持自己的观点。而方为呢，他有自己的经验，就是要时时刻刻记住，你是下级，人家是领导。有分歧的时候，谁正确？谁的职位高谁正确。官小的听官大的，没权的听有权的，这是永恒的"真理"。

在电视台这种高学历、高职称的人扎堆的地方，最容易发生不尊重领导的事。方为的特点是时时事事都听领导的。他强迫自己把文章按何总说的又改了一遍，心里不由感叹自己也不容易——在频道的科级干部中，又有谁像他这样，无论什么事情都能不折不扣地坚决执行领导的指示呢？

因为是台里的内部刊物，方为的文章很快就登了出来。本来何总的意思是让方为先预热一下，显示一下他对民生新闻节目的理解与思考，为下一步的提拔造势。可文章一登出来，另外一个明显的效果就是，频道所有的人都知道方为要当副总监了。

这下频道炸开了锅，大家的不满与失望是普遍的。虽然方为平时在频道的人缘很好，可还是有些人在背后大骂：频道没人了，让一个做不了节目的人当副总监！他不就是管管磁带报报账吗？这种工作一个实习生都能干！另一些人则把矛头指向了何总：副总监应当公开选拔，怎么能私相授受？至少应当把符合条件的人都报上去，由台里定。

方为很快就感受到了人们对他的戒备与敌意。虽然这些都在方为的预料之中，但他还是觉得压力太大了，大得几乎难以承受。但方为既没有选择对抗，也没有选择退却，他只想忍耐一下，等着事情过去。

张贻弓知道方为要当副总监的事是从别人口里听说的，他当时就有一种被愚弄了的感觉。他想起自己前几天还在方为面前大骂何总，大谈要争取当副总监，就觉得自己真是人蠢没药医，恨不得扇自己几个耳光！很快，张贻弓把对自己的恨转移到了方为身上。他想，平时自己真是小看了方为，没想到他的用心如此之深！可恨的是他在自己面前伪装得太好，以至于自己把他当作交心的对象，该说的不该说的都对他说了。这么想着，张贻弓对方为的反感甚至超过了何总。

第二天上班在走廊里碰到方为，张贻弓看见他脸上堆着笑要跟他打招呼，他头一低就走了过去。眼角的余光看到方为愣在那里，他的心里觉得挺解气。

方为在过道上独自站了几分钟，十分尴尬。

回到办公室，这种尴尬转化为怨恨。他想，前几天还把自己当成知己的张贻弓，今天就立刻翻脸不认人，不就为了一个副总监，至于吗？都是科长，凭什么提拔就只能提拔你？王侯将相宁有种乎？我就只能当科长？他想起阿Q说的：小尼姑的脸蛋，和尚摸得，我就摸不得？

不光是张贻弓，频道里的人对方为的态度都变得怪怪的，特别是跟他平级的科长制片人们。

不过，方为是喜怒不形于色的人，心里虽然委屈、难受甚至怨恨，可面子上他见了谁都还是主动打招呼。受点委屈算什么？方为想，自己从来就是这么过来的，等他当上了，过了一段时间，大家也就习惯了。

就这么过了一个星期，何总那头没有进一步的消息。方为的压力并没有减少。他烦恼了好几天，想了一个办法。

其实方为的办法也不新鲜，无非就是建议何总先以频道的名义多报几个候选人上去，只要符合条件的人都报，比如张贻弓，可以先公示，再上报，由台领导根据工作需要最后拍板决定。这样形式上大家无话可说了，但方为知道，任用干部，最终肯定还是领导决定，好处是这样一来，自己承受的压力就小多了。

方为首先找到张贻弓，对他说要向何总举荐他，报他张贻弓为副总监候选人，如果何总不同意，那就要求何总在频道公开选拔，否则，他自己主动退出副总监的竞争。

张贻弓首先是不相信他，觉得方为只是说说，他既不接受，也不劝阻，他等着看方为的行动。私下里，张贻弓乐观其成。他一直觉得卡他的人是何总，只要进行公开选拔，只要自己的名单报到台里，与方为这些人比，他的优势还是很明显的。

方为把自己的想法跟何总一汇报，居然跟何总的想法不谋而合。

　　这几天，何总的压力也很大，各种传闻搞得他精疲力竭，什么说法都有。其实，何总知道，推荐方为，只是自己的一厢情愿，台领导的态度很不明朗，频道一级的干部又岂是他能决定的？想到这里，何总就觉得张贻弓真可笑，他居然一直认为当不了副总监是自己卡他。自己确实不想让他当，但关键是台领导也不想让他当！可是，何总丝毫不想去点破张贻弓，这种幼稚至极的人，跟他说干什么？何总愿意看着张贻弓痛苦而焦灼地四处碰壁。

　　经过与台里人事处一番讨价还价，人事处同意频道按一定条件先推荐人选。但人事处又留了一个尾巴：既然是公开选拔，如果别的频道有符合条件的人选，也要一并纳入考核。

　　何总当然没什么意见，不过最后按照频道与人事处共同拟定的条件，居然只有张贻弓和方为符合。关键是这两条：五年以上新闻工作经验，五年以上正科级任职经历。频道里其他科长制片人要么没搞过新闻，要么正科没满五年。大家私下抱怨，这样的条件简直是为特定的人选准备的，还不如直接加上一条：还要姓张或是方！

　　大家想得其实没有错，何总就是按照方为和张贻弓的具体情况来打造选拔条件的。因为他知道张贻弓就是将他报上去也是不可能通过的，而只要把方为报了上去，就好办了。原来人事处还要加上一条副高以上职称，这条被何总坚决否定掉了。如果这条也算，那方为就没戏了。何总这么帮方为，主要是觉得民生新闻栏目太重要了，广告收入占了频道的大半江山，一定要确保这个栏目掌握在听自己话的人手里。

名单公示出来，在频道里又掀起一阵轩然大波。当初传说只报方为，大家只是觉得可笑、不服。现在把张贻弓一起报上去，大家理智上都觉得张贻弓的可能性比方为大多了。而对张贻弓，许多人的反感根深蒂固。频道里许多人都受过张贻弓的气，非常不愿意张贻弓继续得到提拔，有权力让他们受更多的气。人们这么反对张贻弓一点儿也不奇怪，大家觉得他这人心眼小，对反对过他的人一直耿耿于怀，这一来，所有上一次反对过他的人，因为怕他将来报复，都要更加反对他。

这几天方为轻松了，大家对他的好感和笑脸又回来了，各种同情支持他的消息不断传来。果然不出方为所料，原来反对他的人把他和张贻弓一比较，就会觉得他也不失为一个可接受的人选。人们都以为领导喜欢用平庸的人，其实群众也一样，特别是那些作为准领导、候补领导的群众，一样不愿意能干的、强势的人上来。木秀于林，风必摧之，这风不但有领导刮的风，也有群众刮的风。方为看清了这一点，心情非常愉快。

方为还专门找了一次张贻弓，他对张贻弓说："看到了吧，你我都报上去了，但显而易见，你的实力比我强多了，我不过是陪太子读书罢了。你放心，领导和群众的眼睛都是雪亮的，业务能力强的人一定会出头的。"

张贻弓心里认同方为的看法，但他嘴上没说什么。回到家里，张贻弓又开始自责起来：看来方为还是比较正派的，自己真是以小人之心度君子之腹。他甚至开始觉得方为也许比自己更适合当这个副总监，自己脾气太冲，不适合从政，尤其不善于处理乱七八糟的行政事务，还有扯不清楚的各种人事关系。但很快，副总监这个职位可能带来的名利又让他否定了自己的想法。他自我解释地想，电视台是业务单位嘛，我的业务能力比方为强多了，哪怕从公心的角度上来讲，这个副总监也应该是由我来当。

4

名单报上去两个多星期了，可是台里还是一点动静都没有。频道里开始盛传，台里对频道报上去的两个人选都不是很满意。这年头有些事真是奇怪，领导研究人事问题应该是严格保密的，但每次总是能露出风来。民间组织部的消息来源虽然不乏道听途说，但有些事后来证明，还是很准确的。

首先传出来的消息是张贻弓已经再次出局。张贻弓出局的理由还是与一年前一样：群众反映太大。但群众究竟反映了什么谁也说不清楚，反正上级也不可能给你一一澄清。据说张贻弓去找台领导谈了一次，回来后就打报告请探亲假，要去加拿大看老婆。

其实张贻弓并没有去找台领导，而是直接去质问何总，他是不是已经被排除在领导考虑的范围外了。何总心里笑了，他想这是典型的张贻弓处世方式，有时令人讨厌，但有时又有点直率得可爱。这一次，何总并没有与张贻弓虚与委蛇，而是直接而明确地告诉他，由于群众评议不好，他这次还是无法晋升。在知道自己确定出局后，张贻弓反而没有第一次落选时那种强烈的失落感。他没有耐心听完何总的教诲，找了个借口回去了。

看着张贻弓转身而去的背影，何总在心里叹了一口气。他其实还是欣赏张贻弓的业务能力的，这一次也想点拨他一下，无奈他总是搞不清状况，虽说人无完人，但张贻弓的优点和缺点也太鲜明了。

回到家里，张贻弓想了一夜。他的情商低，智商却不低。两次失败的经历使他彻底明白，自己这种想仅凭业务出头的想法是多么的愚蠢。特别是他们这种文科背景的业务工作，大家都受过高等教育，也都在社会上浸淫了这么多年，谁又比谁差多少呢？领导用谁不是用？即便是搞理工，吃技术饭，领导不给你平台和机会，你又如何取得创新和突破？这么些年，他最大的失败就是没有走好上层路线，没有真正关心爱护自己的领导。还是那句老话：朝中无人，是无法做官的！

张贻弓又转而想到自己的个性。他也知道自己的个性不好，既得罪群众又得罪领导，过于张扬和冲动，不适合走仕途。有时他也想"扮猪吃老虎"，可在别人眼中，他怎么装也是披着猪皮的老虎！四十不惑，张贻弓越发认识到"江山易改，本性难移"这句话的正确性。他想，可不是，如果性格能改，那还有什么"少年老成"或是"老顽童"这种说法？性格的好坏大家都知道，可在处理具体问题时，就高下立判了。

张贻弓忽然想到前几天老婆给自己发的邮件，说他的星座今年驿马星动，可能要到远方发展，当时他没在意，现在看来，难道冥冥中早就暗示了什么？也许，该考虑与老婆团聚了，张贻弓这么想着，如释重负，叹了一口气，睡着了。

方为也很消沉。本来他认为自己这次提拔是十拿九稳的，可从台里得到的消息是领导觉得他工作踏实，可业务能力太弱，也不适合担任频道副总监。这使他非常沮丧。

在别人眼中，方为是何总的人，可在台里，方为还有自己别的渠道。其实，多年来，方为与管人事后勤的副台长很熟，逢年过节下的功夫很深。但在外面，方为从来不夸耀自己与领导的关系，甚至有意回避。都说狡兔三窟，方为不是狡兔，他只是不想在一棵树上吊死，副台长和何总，这一扇门一扇窗，也许能保证自己必要时有个出路。

消息迟迟没来，方为终于忍不住找了一次副台长。由于有着长期的铺垫、长期的信任，副台长没有跟他打官腔。副台长告诉方为，对他们频道的班子，台里早就想动了。去年把他们的副总监调到新闻中心，就是先挪开一个位置，今年准备把领导事先看好的新闻中心的一个制片人调来他们频道当副总监，所有的这一切，无非是走走程序而已。

这个消息给了方为很大的打击。他想想这二十几天来的心路历程，觉得自己真是可笑，又是写文章，又是与别人斗心机，到头来呢，全是自娱自乐！不光是他，还有张贻弓，还有频道里的人，甚至还有何总，都被当猴要了。举头三尺有神明，从上往下看，人们不过是一群小丑，煞有介事地过着其实早已被命运安排好的生活。方为无来由地想起国外一位当代著名科学家的一句话：在地球上，我们就是整个世界；在宇宙中，我们只不过是一粒微尘。想完了他又觉得自己过于矫情，不就是没当上一个副总监嘛，难道还要逼我参透人生？

一个星期后，台里的任命正式下达了：新闻中心时政新闻栏目的制片人调到都市频道任副总监，主管民生新闻。频道里的人虽然有点恍然大悟的感觉，可兴奋也是由衷的。人们乐于看到张贻弓与方为都没能上去，这样很好，大家又都回到了同一条起跑线上，这样频道就和谐了，一和谐，频道的事业能不发展吗？

两个月后，张贻弓请了探亲假，飞赴加拿大。据说他出门时扔下一句话：埋骨何须桑梓地，人生无处不青山，意思是可能不回来了。大家谁也没亲耳听见，但大家都愿意相信，因为这挺符合张贻弓的性格的。

而方为呢，又一次让大家跌破了眼镜——台里一纸任命下来，调他到后勤中心任主任助理。频道里好些人又开始心理不平衡，不过大家互相安慰：主任助理也是科级，方为只是平调而已。虽然是平调，可毕竟离升迁又近了一步，方为的情商高得很，他才不管别人说什么，实惠是自己的，想到这些，方为的心情又不由自主地愉快起来。

空中楼阁

1

　　1985 年，王楚从广西南宁到湖北广水当兵，当年他十七岁。王楚至今还清楚地记得，晚上睡在北行的列车上，他在脑海里反复吟诵着荆轲的《易水歌》：风萧萧兮易水寒，壮士一去兮不复还！他激动地辗转反侧，无法入眠，他想：好男儿志在四方，外面的世界才是世界，外面的人生才叫人生啊！

　　2005 年，王楚从广水又回到南宁，年龄已近不惑。在部队的时候，有一次王楚有机会见到原装甲兵政委——南宁老乡莫文骅将军，将军送给他一本回忆录《二十年打个来回》，书中记述了将军当年被追捕仓皇逃出南宁，二十年后却以胜利者的姿态带着解放大军杀回老家，这是何等的快意恩仇！

　　同样是二十年，王楚却是带着一身疲惫和感伤，悄悄地回了家。二十年弹指一挥间，但对于王楚来说，生活已经发生了沧海桑田般的变化——二十年前，他是一名充满理想的解放军新兵，如今，他是前路茫茫的转业军人；二十年前，他是父母眼中的大男孩儿，如今，母亲已经远行，父亲卧病在床，他自己也已是五岁男孩的父亲；二十年前，他是"为赋新词强说愁"的少年，如今，他虽不敢自称"遍尝愁滋味"，却再也无法假装潇洒地感叹"天凉好个秋"了！

让王楚潇洒不起来的，一是工作，二是住房。

王楚当初北上当兵是抱定不回南宁的想法的。

王楚的父母都是省报的老记者，然而，出身知识分子家庭的王楚从小学习成绩却非常一般。20 世纪 80 年代，高考正是千军万马过独木桥的时候，以王楚的成绩，只能是掉到河里的那种。省报社有个不成文的规定，考不上大学的子弟可以到报社印刷厂就业，王楚的父母也动了这个心思，但王楚不干。王楚虽然学习成绩不怎么样，可经父母的耳濡目染，从小也算是一个文学青年。文学青年爱做梦，近处的风景不算风景，王楚不甘心在从小长大的地方待一辈子，也不愿与他从小一起长大的玩伴成为工友，既然无法通过知识改变命运，当兵就成了一种自然而然的选择。

王楚当兵的地方是湖北广水，京广线上的一个小城市，当兵的部队是全军战略总预备队，空降兵十五军的教导师。在部队，王楚开始混得不错，入了党、提了干，进了师机关，在当地结婚生子，王楚铁了心在部队干下去，心想到时转业就在广水找个单位算了。可没曾想，计划永远赶不上变化。先是母亲去世，接着父亲又病倒了，而且得的是血液病，一年到头住院输血，亟须人照顾。王楚只有一个弟弟，弟弟、弟媳工作又忙，家里人都希望他为国尽忠之余，也能转业回家尽尽孝。本来王楚还觉得自己在部队里干得不错，有点不甘心，可部队如今风气跟地方一个样，年前干部调整，王楚由于家里事多，一不留神，领导那里下的功夫不够，原来在机关里干得好好的职务丢了不算，还要下部队基层。王楚就是从基层部队干上来的，不想再吃二遍苦、遭二茬罪，一气之下，打了转业报告。

离开部队这棵大树，回到南宁靠自己双手双脚闯天下，王楚深切地感到工作和生活的不易。

首先是住房。王楚的父母原来在报社住着一套三房一厅，这几年母亲去世，父亲常年住院，家里就剩下一直没要小孩的弟弟、弟媳两人。这下王楚一家三口举家回迁，弟弟、弟媳虽然没说什么，可两家人挤在一套房里，王楚这边又有孩子，不方便的事自然多了去了。

房子好歹还有得住，工作的事更令人烦心。王楚是自己主动要求转业的，而且又一定要回南宁，只能自己在这边找接收单位。可能是从小在这里长大的缘故，以前王楚在家的时候，根本没把报社这种单位放在眼里，后来自己工作了，才知道报社算是非常不错的事业单位，没点关系，外人削尖了脑袋也未必进得来。王楚成年后就一直在外地，南宁这边有用的社会关系

不多，这次回来，首先想到的就是回报社。求爷爷告奶奶，好
说歹说，甚至连病重的父亲都出了面，最后报社总算同意接收
王楚一个人，他老婆只能另找单位。由于王楚不是大学生，在
部队也没搞过宣传，因此不能安排到报社搞采编，只能到印刷
厂搞行政。王楚心里苦笑，当初就是不想进报社印刷厂，才到
外边儿折腾了这么一大圈，没想到最后还是要到印刷厂混饭吃。
唉，算了，形势比人强，王楚好容易想通了，正准备办手续，
老婆那儿出问题了。

　　王楚的老婆是广水本地人，中专毕业，原来在广水一家国企
搞财务，对于她来说，事业家庭都在广水，根本就不想回南宁。
王楚动之以情、晓之以理，软硬兼施，好不容易说动了老婆举
家南迁。

　　关于工作，两人最初是这样商量的——以王楚为主，只要王
楚找到好单位，老婆可以将就。因为老婆是会计，相对来说好
找工作，哪怕是聘用也无所谓。可当王楚兴冲冲地把报社愿意
接收他的消息一说，老婆却反悔了。老婆说她娘家的人一直觉
得她应该正式调进国有大单位，随迁南宁她是吃了大亏的，而
且广西山高皇帝远，她人生地不熟，万一王楚变了心，她还有
什么可以依靠？这次回南宁，王楚一直觉得亏欠老婆，而且，
家里上有老下有小，都需要老婆照顾，工作上让她太奔波也不
好。想到这些，王楚决定先把老婆安顿好，把家搬过来，自己
工作的事，慢慢再说。

　　经过交涉，报社同意把王楚的老婆安排到印刷厂搞财务，王

楚只有另谋出路。等王楚把家搬完、各种手续办好，老婆开始上班，已经是一个月以后的事了。

各种事务初步告一段落，王楚开始继续找工作。他绞尽脑汁地把自己在南宁的同学朋友想了一遍，一个瘦瘦的身影跳了出来。这个人叫秦涛，是王楚高中的同学加好友。

一想到秦涛，王楚就忍不住要笑。他想起高二文理分班后第一次上体育课，大家来自各个不同的班级，互相不认识，体育老师亲自一个个点名。大家松松垮垮地排着队列，嘻嘻哈哈地互相打闹，忽听老师大喝一声"禽兽"！大家顿时愣住了，虽说中学体育老师一般都比较粗鲁，但这样骂学生，大家还是第一次听到。体育老师看见无人反应，指着第一排的小个男生，又大喝一声："禽兽，点你名呢，怎么不答到？"小个男生涨红着脸怯怯地回答："我……我不是禽兽！"体育科代表发现不对劲，跑过去一看点名簿，原来，科代表字迹潦草，抄名单时把"涛"字的三点水一笔带过，害得体育老师念成了"寿"字，闹了个大笑话。从此，无论秦涛怎么哀求生气，全班男生就一直坚持叫他"禽兽"。

就是这个"禽兽"，高考考上了江西财经学院，毕业后分回J行广西区分行。前几年王楚回家过年，在同学聚会上见过一次面，王楚依稀记得他好像已是什么信贷科的科长。

王楚按手机里存储的号码拨过去，电话通了，响了半天，那边才响起秦涛公式化的声音："你好。"

"你好，是秦……秦科长吗？"王楚迟疑了一下，还是按照职务来称呼秦涛。

"对不起，我是信贷处副处长秦涛，您哪位？"秦涛礼貌却毫不迟疑地纠正了王楚的错误。

"哦哦，不好意思，秦处长，我是王楚啊！"王楚连忙改口，两年不见，这家伙又升了。

"哎呀，我说谁呢，老同学呀，叫我秦涛就行了。怎么样，回来了？"电话中的秦涛语气顿时热情起来，他是王楚中学时代的友仔。

"我有点事找你，你什么时候方便？"

"下午五点，你到办公室来找我吧。"秦涛的办公室在琅东新区，这几年南宁变化很大，他怕王楚找不着，把自己在南宁市的精确坐标告诉了王楚。

高大气派的 J 行大楼坐落在琅东新区，南湖之畔。王楚印象中这一片原来与市区隔湖相望，属于农村，现在却成了南宁市最现代化的城区。

信贷处副处长的办公室位于十楼，装修豪华气派。下午五点，王楚准时出现在秦涛的办公室。

秦涛穿着一身行服西装，显得精明干练，他夸张地热情拥抱了王楚，把他引到沙发上坐下，自己则坐在大班台后的老板椅上。

"你这里相当，"王楚陷在宽大舒适的真皮沙发中，本来想说

"豪华"，但出口还是改成了"气派"。

"银行嘛，总是要撑撑场面的，显示实力嘛。再说，银行最不缺的就是钱。"秦涛讲话完全是老同学的口吻，这让王楚心里很愉快。

"看来你混得不错，才三十六七岁，就当上副处长了。就你办公室这档次，快赶上我们部队师级首长了。"王楚说这话时不无羡慕。

"金融业是中国最市场化的一个行业，相对来说，它各方面的待遇也就跟市场最接轨。至于我这个副处长，也得益于金融业的市场化。现在很多商业银行都进入了广西市场，他们的干部必须本土化，像我这样干了十五年以上的金融专业人才，不愁找不到满意的位置。我们行不给我相应的待遇，大把别的商业银行想挖我过去。哦，对了，你找我有什么事？"

秦涛的话一板一眼，干净利落，字里行间透着自信，王楚不禁在心里感叹：昨天弱小的男生已成为今日强势的处长，秦涛再不是当年任人取笑的吴下阿蒙，二十年过去了，同学间的差距越来越大。

"是这样，我打了转业报告，想回南宁，正在找接收单位，想看看你秦大处长有没有什么好的路数？"王楚把家里和部队的情况简单地说了一下，直接挑明了来意。

"如今最难的就是借钱和找工作，"都是老同学，秦涛说话比较直接，"刚才你说你是营级干部，这个级别转到地方连副科长都不一定当得上，而且你一直在部队干，没什么专业，又不是正规大学生，想转到一个好单位确实很难，除非你有硬关系。"

"问题就在这了，本来报社可以接收我，不过我老婆去了，他们说只能安排一个人。唉，我真不知道怎么办了！你关系广，能不能指点我一下？"王楚把球又踢了过去。

秦涛收拾了一下桌子，站了起来："这样吧，反正我快下班了，咱们找个地方，喝两杯，慢慢想想？"

"行，我请客，你点地方。"王楚爽快地答应下来，求人就要有求人的样子。

"还是我请吧！一来给你接风，二来我可以找地方报销。"

王楚想，既然他能报销，就让他请吧。

在一个名叫"不见天"的风味牛料大排档落座后，秦涛娴熟地点了两斤牛肉、两斤牛杂，还颇为老道地向王楚介绍说，所谓不见天牛料，即是刚刚杀好的牛，放完血后便切肉下锅，这时候有些部位神经没有死，还在跳动。因为一般杀牛在晚上，天是黑的，所以称为不见天。

虽是行伍出身，王楚还是听得毛骨悚然。"都说南宁人好吃，对美食的追逐不遗余力，看来你是典型的南宁人，"王楚揶揄秦涛，"只是想不到堂堂掌握上亿元贷款的秦大处长，也来光顾这种小店。"

"的确，银行请客和被请，都是哪儿高档上哪儿。但是，天下没有白吃的午餐，吃得越高档，最终付出的代价也越高，有时候这些代价还相当惨重。再说，一个人吃来吃去，最后发现，还是原生态的东西最好味，"秦涛内行地解释，"今天咱们老同学聚会，讲求实效！"

说话间，牛料端上了桌，果然新鲜热辣。酒过三巡，菜上五味，谈话进入实质阶段。

王楚借着酒劲，又重提刚才的话头，要秦涛帮他想想办法找接收单位。

秦涛沉吟良久，字斟句酌地说："说实在的，以你的条件，我今时今日的能力，帮你找个好单位实在太难。我倒是认得许多企业的负责人，把你介绍去搞个行政保安的还行。不过这种工作收入不高，发展潜力不大，而且都是聘用制的，实在委屈了你。我的意见是，你如有更好的去处尽管去，像我说的这一类工作，你随时找我，我随时都可以介绍你去。"

王楚一听，大失所望，可转念一想，秦涛说的也是大实话，他俩毕竟只是同学，人家也不可能动用全部的社会关系来帮你，因为帮这种忙，他自身也是要付出巨大代价的，秦涛不得不掂量掂量。就像今天的晚餐，虽然美味，可大排档的档次毕竟摆在那儿，王楚的自尊心有些隐隐受伤，他想，自己在秦涛心中的地位，也就这个水平吧？

王楚的失望毫无掩饰地写在了脸上，秦涛看了有些不忍，敬了他一杯酒，启发他说："你的思路不要这么狭窄，老想着找个安稳的单位待着，你有没有想过自己做点事？"

"做什么事？自己做生意？我一没本钱，二没技术，三没关系，能干什么？"王楚一脸茫然地看着秦涛。

　　"技术、关系我先不说，至于本钱，你还是能拿出一点来的，"秦涛接着点醒王楚，"我们银行有许多转业军人，据我所知，像你这种二十年军龄以上的人，如果选择自主择业，七七八八算起来，多的话能拿三四十万转业费。你在部队干了二十年，吃穿住基本不花钱，不说多，十几二十万的积蓄还是有的。再加上你的家境还算不错，你父母总会给你一笔钱的，这样东一笔西一笔算起来，我估计你六七十万还是拿得出来的。"

　　"哪有这么多！"王楚嘴上谦虚着，心里暗暗佩服秦涛，这小子果然是和钱打交道的，算得真清楚。

　　"你放心，我不会问你借钱，"秦涛接着说，"你这点钱拿来做生意，确实难找好项目，再说就像你说的，你也没什么技术和关系。炒股嘛，风险太大，这是你一家三口的养命钱，动不得。你有没有听说过炒房，或者叫房地产投资？"

　　王楚在部队待了二十年，除了工作和自家那点事，其他事就没太关心过。部队工资高、福利好，甚至连住房、医疗、子女教育问题都帮你解决了，要不怎么说部队是一个温暖的大家庭呢？炒房这个词王楚还真没听说过，但他不想在秦涛面前露怯，就假充内行地说："投资房地产我知道，但这种事需要很多资金，而且，我对建筑和市场营销也一窍不通，炒房就算了吧，炒菜我还差不多！哈哈！"王楚还自以为幽默地笑了两声。

　　"你说的那是房地产开发，"秦涛毫不留情地指出了王楚的错误，"我说的是个人投资房地产，两码事！"

秦涛接着说："我在银行搞信贷，我们现在增长最快的就是个人住房按揭贷款业务，这一块贷款质量也好。现在很多外地人，特别是江浙、广东那边的人来南宁贷款买房。据我所知，南宁现在的房子均价两千五左右，最好的不过三千出头，三五年内就会涨二三倍，你信不信？我们内部做了评估的！"

"那为什么都是外地人来买呢？"王楚不解地问。

"南宁人也有，但少。南宁是一个以行政为主的城市，居民大多是大大小小的干部，每个单位都划一个大院，工作生活全搞定了，住房也不紧张，这些人根本没有投资房产的意识！"秦涛一针见血地指出，"喝汤都要喝头啖汤，你现在介入这块领域，三五年就发起来不是什么不可能的事！你现在不动，到时房价动起来，只怕你想追也追不上了！"

秦涛这话说到了王楚的心坎里。

王楚这次回来，也早想买房。虽然母亲临走的时候交代报社的房子王楚两兄弟一人一半，可现在父亲还在，房子不好分，事实上就是弟弟两口子一直住着，他们一家三口挤进去着实不便。其实弟弟、弟媳在江南有一套公房，可弟媳嫌上班太远，不方便。王楚知道，弟弟、弟媳的房子出租一个月有一千二百元进账，在家住一分钱不花，甚至连水电都是从父亲的工资里扣，不过，这事儿没法端上台面说。以前王楚一家回来探亲，再挤大家也亲亲热热的，现在真住到一起过长久日子，两家人的磕磕碰碰就在所难免了。亲兄弟明算账，王楚和老婆一合计，干脆买一套房，搬出去，免得伤了兄弟和气，自己也可以住得自由点儿舒服点儿。

现在听秦涛这么一说，更坚定了王楚买房的决心，只是他从前没想过，这买房除了可以自住，还可以投资获利，甚至还可以成为职业！

"那我该从哪儿入手呢？"王楚心动了。

"你问我，我毕竟是个旁观者，你应该找个业内的师傅领进门。我给你推荐个人，你知道是谁吗？"看着王楚被自己说动了心，秦涛得意地卖了个关子。

"谁？"

"徐卫东！"

2

说起这徐卫东，王楚就更熟了，他俩在高中文科班整整同桌了两年。

徐卫东在他们班上，还真是个人物。一般来说，中学里成绩好的男生体育一般不好，体育好的男生成绩一般不好，如果是运动员，那学习成绩一般就惨不忍睹了。而徐卫东是个例外。王楚清楚地记得，徐卫东当年可是正儿八经广西蹼泳队的队员，国家健将级运动员，学习成绩也不错，在班上能排到十名左右。高考的时候，徐卫东上了本科线，加上四十分的体育加分，一下超出重点线二十多分，他们家是外贸系统的，走了点关系，把他弄到北京外语学院——如今叫北京外国语大学，进泰语专业读了个委培，毕业后直接分进了国家外经贸部——如今叫商务部，一年后又外派到中国驻泰国大使馆任商务参赞的随员，堂堂正正的外交官，把同学们都羡慕死了。

正当所有的人都看好他的仕途之时，几年之后，徐卫东居然辞职不干了。

这事说起来还真应了句老话：世事变幻，若白云苍狗！

原来，由于工作的关系，徐卫东在泰国认识了许多政商界的要人，其中一位是当时泰国总理的弟弟。泰国是个以旅游业为主的国家，旅游大巴的需求量很大，一般靠进口。总理的弟弟看准了这个商机，就问徐卫东能否从中国引进一家客车制造厂，和他一起合资生产。徐卫东帮他联系了国内厦门的一家客车厂，双方一拍即合，决定在泰国设厂生产大巴。当时形势一片大好，厦门厂的生产积极性很高，泰国这边的销量也不成问题，总理的弟弟夸下海口，光机场的摆渡车他们就可以先拿下一千辆的订单。眼看为两国的经贸关系发展做了贡献，徐卫东很高兴，谁知道双方老板更高兴，看上了徐卫东，要他辞职出来专门负责这个项目，并承诺给他合资厂 5% 的股份。徐卫东私下一算，得出的数字足以摧毁他坚固的心防，而且，徐卫东想，在泰国，只要靠上了总理弟弟这棵大树，还愁以后事业的发展吗？想通以后，徐卫东不顾家人和领导的规劝，毅然决然地辞了职，从官场跳下了商海。

谁知道人算不如天算。徐卫东前脚辞职，泰国后脚就发生了军事政变，总理被赶下了台，全家流亡海外。徐卫东的客车厂肯定是搞不成了，他在泰国也待不下去了，只好黯然回了国。前几年同学聚会的时候，王楚听人说他好像在北京做生意。今天听秦涛一说才知道，原来徐卫东转了一圈，也回了南宁。

　　按照秦涛给的地址，第二天，王楚在凤岭新区一个新开的楼盘旁，找到了徐卫东开的"南屋置业"房屋中介公司。

　　凤岭新区位于琅东以东，再往东就是南宁高速公路的东出口。凤岭又被民族大道一分为二，这一片位于青山脚下的区域属于凤岭南。这地方王楚曾经相当熟悉，20 世纪 80 年代初，王楚在附近的南宁三中读初中，三中学生全部住校，放了学，王楚常跟一帮同学到学校周边的村里游荡，间或与村里的孩子打打群架，最后无一例外地被村里孩子放出的狗追得落荒而逃。

　　都说"物是人非"，可在王楚看来，根本就是"人是物非"！二十年光景，凤岭南已是沧桑巨变。王楚环顾四周或高或低，或大或小的钢筋水泥建筑，除了远处依然屹立的青山——据说也被改名叫了青秀山，居然一点儿找不到当年的影子——那些古朴的村庄、村庄里黝黑的农人、邋遢的孩子和乱窜的狗，就像一场海市蜃楼，一阵风吹过，全都了无踪影！王楚喜欢背毛诗，此情此景，使他不由得想起主席的一句诗"别梦依稀咒逝川，故园三十二年前"。他心里慨叹：真是逝者如斯夫啊！

　　王楚忽然一阵伤感，他觉得自己心比身先老，似乎沉湎在过去的岁月里不能自拔，眼前这片热火朝天的建设景象，他不但无法欣赏，更无法融入。王楚又联想到自己这一两年来事业上生活上的坏运气，套句俗话，真是"屋里有病人，门外有债主"，二十年来，他头一次觉得自己快被社会前进的步伐抛弃了。

从南屋中介所敞开的门往里看，五十多平方米的办公区内分布着七八张办公桌，每张桌上都摆放着电脑，几个身着正装的小伙子大姑娘在忙着手头的工作，王楚仔细望了望，没见着徐卫东。

整理整理思绪，王楚决定先不贸然进去，而是按照秦涛提供的号码先给徐卫东打个电话。年近四十，王楚发现自己做事越来越瞻前顾后，早已不见当年的冲劲，难道，这就是中年人的沉稳？

"你好，南屋中介。"话筒里传来徐卫东的声音。

"老徐，我是王楚啊！"

"哎呀！你在哪？"声音欢快而略带激动，王楚想，这是一个好兆头。

"我就在你中介公司的门口，你没在啊？"

"我在里间，就出来！"

说话间，徐卫东从里间跑了出来，看到王楚在大门外，连忙迎了进去。

徐卫东抱住王楚的双肩，将他带进自己位于里间的经理室，一边给他让座沏茶，一边说："哎呀，兄弟，昨天禽兽给我打电话了，说了你的事，咱们有十几年没见面了吧！"

王楚仔细看了看徐卫东，发现他的头发居然半白了，脸上的皱纹也添了不少。王楚记得，徐卫东也就大自己一岁，今年不过三十八九岁，他关切地问："阿东，咱俩十几年不见，你见老啊！"

"有些人是岁月无痕，比如你；有些人是一夜白头，比如我！有些人是外表老，有些人是心老，而我呢，历经坎坷，是一起老！"说话间，徐卫东简要地告诉王楚，自己当初黯然回国，也无心再找工作，就利用原来商务部的关系做点生意，后来发现北京的房价涨得很快，一买一卖获利颇丰，居然好过做生意，而且，又没什么风险，他就卖了部里原来分给他的房子，用这笔资金操作了两次，不到一年，赚了一百多万。

"真的？那你怎么回来了呢？"王楚听得津津有味，追问道。

"后来，我发现，北京的房价太高，以我的资金量玩不起，我想，二、三线城市可能更适合我这种小炒家，就回了南宁，发现这里的房价还很低，而且正处于井喷的前夜，于是我就开了这家房屋中介所，做做二手房的租、售业务，一边熟悉本地房地产市场，一边再找机会。"徐卫东看着王楚，真诚地说，"怎么样，过来帮帮我，咱兄弟俩一起干？"

王楚想了想："阿东，说实在的，禽兽叫我跟你搞房产投资，可我真的一点不懂。再说，你外边不是有很多人手吗？"

"你说外面办公室那些员工？他们只是帮我带人看看房子，我有一个很大的计划，需要有个能干又值得信任的帮手。"徐卫东说，"你没有房产投资的经验，这样吧，今天我先给你说说，过段时间再带你实际操作一遍，你慢慢就懂了。"

"你是当兵出身，要想打仗，必先熟悉战场，这就是你的新战场！"徐卫东站起来，夸张地用手在身后墙壁上悬挂的一幅《南宁房地产地图》上一划。

"徐老师，您给我上上课呗！"王楚用小品流行的东北腔半开玩笑半当真地说。

"也好，先给你大致讲一讲，让你先有个粗略的印象。"徐卫东一点没有开玩笑的样子，他走到地图前，像老师上课一样，指着地图，居高临下地给王楚讲起了南宁房地产发展的历史与现状。

"20世纪八九十年代，南宁市最高的楼是民族大道上的广西电视台大楼，你记得吗？它十九层的茶色玻璃窗是多么的时尚和耀眼，它是那个时代南宁市的标志性大楼；而当时南宁市的中心商圈仅仅是以百货大楼为中心，局限于和平商场、民族商场、中华电影院这一带狭小的区域；穿城而过的湘桂铁路把南宁分为南北两半，横贯东西的民族大道1992年后才通到麻村路口，东葛路还没有延长线，园湖路1990年才通；那时不要说琅东、凤岭，就连麻村也只是真正的农村，甚至广西电视台周围也还是杂草丛生，整个一城乡接合部。南宁市当时的人口仅有区区几十万，真像个又破又大的县城，虽说是广西的首府，但城市功能单一，经济发展十分落后。"

随着徐卫东的叙述，王楚仿佛回到了旧日的时光。徐卫东的叙述基本符合事实，然而同样的景观在不同的人眼中呈现出截然不同的影像，王楚不像徐卫东，他不是以世俗经济的眼光来观察世界，说实在的，他一点也不喜欢南宁市现在变得如嘈杂喧闹的大工地一般。在王楚的印象中，当年的南宁市是一个半城绿树半城楼，江河、湖泊、池塘密布的宁静小城。

徐卫东的演说还在继续，可王楚的脑海里已经开始蒙太奇——二十年前，出了报社的后门，就是党校大院连片的池塘，夏天，这里有无穷碧的接天莲叶；顺着今天的飞凤市场往下走，广西博物馆对面的竹林里隐藏着一个小湖泊，湖泊虽小，却宛如一块镶嵌林间的温润美玉，湖畔老人晨练、孩童嬉戏、恋人漫步，令人流连忘返；刚刚开挖路基的民族大道那时还叫"七一"大道，它横过博物馆一直向东，到了麻村而止，再往东就是茫茫南湖，当年的南湖至少有现在的两倍宽，南湖大桥还不见踪影，对面的琅东是一片希望的田野，王楚喜欢在星期天的下午一个人到湖边草地上小坐，看看来来往往农家的渡船，想想弱冠少年"拿云"的心事……

徐卫东不知王楚的思想已开始神游，继续将他这两年对南宁房地产的研究成果和盘托出，他越说越起劲，与其说是讲给王楚听，不如说已沉浸在一种布道式的自我陶醉状态中——

"随着 1992 年邓小平同志的南方谈话，改革的春风开始吹遍全国，打破了全国包括广西房地产业平静的水面。1993、1994 年的时候，广西北海开发热潮涌现，全国各地的投机和投资者蜂拥进入这个令人追梦的城市，短暂的繁荣后，泡沫破裂，也带走了许多人美好的梦想，满目疮痍一直到现在。1994、1995年，南宁还赶不上北海热闹，但也有少量的开发商进驻南宁，所以随着后来楼市泡沫的破裂，南宁也出现了多个烂尾楼盘。著名的如现在的民族大道和朝阳路交界处的'润华大厦'工地，那张'润华大厦，永远庆典'的巨型条幅，足足挂了近十年也还未动工；马路对面的国贸大厦工地也就围起挖了个大坑，搁置到现在也将近有十年光阴了；旁边的宝都大厦，开工剪彩时成龙、谭咏麟等巨星云集，如今巨星已如白云黄鹤，此地空余连地基都未完工的黄鹤楼。"

徐卫东话锋一转："直到1998年住房制度改革，房地产市场体系建立，南宁的房地产业才慢慢发展起来。但20世纪90年代后期，南宁还很少有商品房，早期的什么明秀小区、北湖小区都是所谓安居房。2003年，国家提出大力发展房地产业，要把它作为拉动经济发展的支柱性产业，南宁的房地产和全国一样，得到了充分发展，大小楼盘遍地开花，这是大家有目共睹的。"

徐卫东回到自己的大班台后坐下，做最后总结："2003年，南宁市房地产市场均价不到两千元/平方米；2004年，南宁市房地产市场均价为两千三百元/平方米左右；今年，也就是2005年，南宁商品房的均价预计会达到两千五百元/平方米左右，也就是说，南宁市的房地产市场目前处于平稳上升态势。"

"看来，你还真是做足了功课！不过听你这么一说，好像南宁的房价涨得也不是那么厉害嘛，个人炒房本小利微，还要支付各种税费，还有时间成本，这样一来，能赚大钱吗？"王楚渐渐被徐卫东的情绪感染，开始与他探讨起细节。

"非也非也，南宁的房价正在滑行，马上就要起飞！不过你也不错，已经看出点问题来了！"徐卫东气定神闲地点上一支烟，深吸一口，满足地吐出一串烟圈，"单打独斗是不行的，所以我要向温州人一样，组团炒房！这就是我先前跟你说的大计划！"

"组团炒房？"王楚又听到一个新名词。

"对！任何东西都是规模出效益，大投入才会有大产出！"徐卫东又开始给王楚上课，"温州人组团炒房最初是希望买房时能有个商量，他们相信一个人买房难免会看走眼，而集体都看中了准没错。后来他们发现，组团买房还可以在一定程度上操纵价格。他们可以和开发商谈团购，用相对较低的价格购买一手房，然后去二手房市场把一个统一的翻番价格公布出来，这样虽然暂时找不到买家，但翻番的价格已经出来，过不了多久，该价格就会逐渐被市场接受，成为既成事实。但重要的前提是，大家必须订立攻守同盟，禁止有人开老鼠仓低价卖出，谁这样做就会被从购房团里赶出去。此外，组团炒房还有贷款、避税、抗风险等很多好处，一时半会儿说不完。"

王楚听得咋舌，徐卫东的专业术语他未必全都明白，但他终于开始明白徐卫东想让他干什么："你的意思是，让我帮你组织炒房团？"

"聪明！不愧是我的同桌！"徐卫东摆出一副老板样，"我是炒房团的团长，负责制定投资策略、决定投资步骤、实施投资行为；而你呢，是炒房团的副团长，负责团员的组织、管理工作，一定要做到步调一致听指挥，团员不听指挥就全完了！你是部队出来的，这些你在行。"

"明白，当你的跟班兼后勤呗！"王楚笑道，他想起当年当兵休假时曾经去北京看过一次徐卫东，当时徐卫东是北京外语学院泰语系大三的学生，经常旷课当导游赚外快，王楚为了不花钱游北京，给徐卫东当了一周的导游助理，帮他看住旅行团团员，防止他们掉队或自由活动，结果一周下来，累得半死，什么景点都毫无印象。

徐卫东显然也想起了当年的经历，笑着说："对对，反正你有经验！"接着，他又正色道："我们这个炒房团实行集体管理、集体行动，团员个人出资，团体统一操作，我们两个团长抽取团员利润的一定比例作为佣金，然后咱俩再分，我们两人也可以用自有资金一起炒房，收益完全归自己，怎么样？"

"那我的身份呢？岂不是从此成了个体户，无业游民？"王楚想起自己的工作问题，有点不甘心，"我现在随便找个单位，好歹也是国家干部呀！"

"算了吧，你醒醒吧！"徐卫东居然激动地站了起来，"如今这个年代，钱才是衡量一个人价值的唯一标准！国家干部？我原来还是中央干部呢！你自谋职业，还能得一笔转业费，每个月还有生活费，医疗养老保险一个不少！你有什么后顾之忧？我呢，我现在只有完全靠自己！"

这段话打开了王楚最后一道心锁，他知道自己已经被徐卫东彻底洗脑："这样吧，今天我听得太多，一时消化不了，容我回家再好好想想！"慎重起见，王楚决定再回去与家人商量商量。

走出徐卫东的中介所，路上满载建筑材料的翻斗车来来往往，烟尘滚滚；举目望去，高高低低的新建楼宇起起落落，直到天边，一派大建设、大发展的繁荣景象。王楚感觉已与一小时前的自己彻底告别，完全融入了时代的洪流之中。

3

王楚的老婆是一个真正意义上的小女人，她的眼里只有家庭和孩子，其余都听老公的。王楚把自己自谋职业的打算跟她一说，她毫无意见。王楚的父亲自顾不暇，王楚也没跟他说，风烛残年的老人，就不要给他增加额外的负担了。

提出反对意见的，是王楚的弟弟。王楚的弟弟原来在法院工作，去年刚刚调到市委政法委，年纪不大，却少年老成。弟弟总觉得王楚还是当公务员稳妥些，生活安逸，福利好，对子女对家庭也好。因为王楚的关系，弟弟对徐卫东并不陌生，他总觉得像徐卫东这样的人，胆子太大，激进有余而稳健不足，王楚虽然是个军人，可底色却是浪漫的文人气质，这两种人在一起搏击商海，就像小小的舢板遇上了猛烈的顺风，开始可能会冲上潮头，但最终却容易被巨浪掀翻。

王楚的一腔热情被泼了冷水，加上在他工作的问题上，弟弟颇有些袖手旁观的意味，王楚心里很不痛快，他对弟弟说："我未必不觉得稳定的职业好，但现在不是工作难找嘛，自谋职业也算是为党为国为军队分忧，要不你替我想想办法？"弟弟看他这么说，知道他的决心已下，回家说说不过是寻求支持，也就不再拦阻，只是提醒他看住徐卫东，别让他做事太激进，做生意一激进，就容易干出违法犯罪的事。王楚嘴上答应，心里却不以为然，他想，杀人放火当然不干，但如今经商完全循规蹈矩、按部就班几乎是不可能的事。

　　想通了就干，王楚拿出军人雷厉风行的作风，从接受徐卫东的邀请、到返回部队办手续，再正式到徐卫东的中介公司上班，只花了两周的时间。

　　王楚上班第一天，徐卫东就给了他一个副总经理的头衔，而且没让他在外间跟一班年轻仔一起混，而是在自己的里间办公室支了一张桌，说是商量事情方便。这让王楚很感动，他想毕竟是同学加友仔，那句话怎么说来着？兄弟同心，其利断金！

　　王楚摩拳擦掌准备跟着徐卫东大干一场，可徐卫东却不着急。

　　头一个月，徐卫东天天开车拉着王楚在南宁市四处转悠，东西南北中，几乎每个楼盘的售楼部都留下了他俩的身影。王楚在欣赏了众多售楼小姐的千姿百态后，也渐渐熟悉了南宁的房地产市场。

他发现，南宁市的楼盘大致可分为高、中、低三个档次。

低档次的房子主要是位于郊区的一些大盘，优点是价位低、面积大、户数多、小区配套完善、小环境不错，缺点是离市区较远、市政配套差、外部大环境差。这些楼盘以大沙田开发区的阳光新城、二桥南的翠湖新城，以及江南新兴苑、北郊的恒大新城为代表，均价在一千五到两千。

高档房主要集中在中心城区和琅东、凤岭等热点区域。这些高档房又分为两类，一类是以号称广西第一楼的地皇国际商会中心、南宁商业巨擘"梦之岛"水晶城等为代表的商用为主或纯商务用的楼盘，另一类是配套完善的高档社区，这些楼盘大环境、小环境都相当不错，均价已突破三千，高的已过五千。

夹在中间的就是一些中档楼盘。这些房子一般位于老的传统城区，优点缺点都比较明显，均价都不低于两千。

市场方面，王楚观察，南宁的楼市呈现出一派令发展商心花怒放的销售景观：一个月前，大沙田的阳光新城第一期以起步价1180元的低门槛入市，开创南宁楼市大盘低价的先河，可是由于市场需求量过大，二期开盘价格迅速飙升，开盘当天所推出的房子还是销售一空；至于市中心、琅东的房子，多贵都会有人去买，发展商只要把房子建好了就行，用不着担心房子卖不出去；中低价位房依然春风照旧，销售业绩一路高歌挺进，尽管这些楼盘一期比一期价格高，可是时至今日销售业绩依然良好。

王楚将自己的心得告诉徐卫东，徐卫东不置可否，而是反问了他一个问题："这些楼盘中，哪些是适合我们炒的？特别是团体作战，我们搜索的房源一定要做到有规模、见效快！"

王楚想了想，说："说实在的，低档房价低盘大户数多，高档房价格高，炒作起来都不容易。对了，我一直想问，你的炒房团成员找到了吗，资金量有多少？这些不落实，说什么都是空对空！"

徐卫东笑了起来："看来你是越来越进入状态了。我们现在最要紧的是找项目，第一炮一定要打响！至于资金，你放心，今天晚上我们请一位金主吃饭，钱不是问题！"

"什么人？"

"到时你就知道了！"

大惠丰海鲜广场是近十年来南宁市崛起的一家著名的高档饭店，它从星湖路一条小巷子开大排档起家，从卖传统的白斩鸡到经营生猛海鲜，终于在2004年租下南湖边一栋六层高的独栋建筑，打造成一家高级食肆，城中名人、富商巨贾莫不以在此宴客为荣。王楚虽是土生土长的南宁人，到大惠丰吃海鲜还是第一次。

由于可以居高尽览南湖秀色，大惠丰海鲜广场临湖一边的包厢特别难订，徐卫东提前一天定下了六楼"一路发"包厢。两广人做什么都讲彩头，"一路发"对经商的人来说，真是再讨喜不过了，王楚想，从徐卫东如此悉心的安排，足见今晚客人的重要性。

"一路发"包厢虽然名字俗气，可里面布置却十分雅致——面向南湖的一面全是封闭的落地玻璃窗，客人在此用餐，既将户外的美景纳入眼帘，又把街市的喧嚣挡在窗外，营造出一种把酒言欢的亲密氛围。

王楚和徐卫东提前半小时坐到包厢里点菜等人。徐卫东点菜根本不看菜谱，噼里啪啦就将这里的高档海鲜一网打尽。"来一瓶茅台。"最后他说。

王楚心里咋舌，他算了一下，这顿饭没两三千元下不来："你请了几个人？是大领导吧？"

"只请了一个。至于算不算大领导，这要看他管不管你，或是能否给你带来利益。如果是，那他就是你最大的领导，如果不是，那他再大对你也不算什么。其实，从领导的角度看也是这样，你没发现大官总是对小老百姓亲切有加，而对自己的下级却声色俱厉？"徐卫东干净利落地点完了菜，惬意地抽起烟来。

王楚发现徐卫东最近很喜欢对他进行说教，就顺势把他往上抬："是是，比如你就是我现在最大的领导！"

徐卫东没接腔，穿过烟雾笑眯眯地看着王楚。

六点半，客人准时推门而入，王楚一看，吃惊得差点跳起来——来人正是他俩的老同学秦涛！

徐卫东和秦涛相视大笑，带着秘密公开的快意，拉着发怔的王楚一起入席。

徐卫东告诉王楚，实际上组团炒房，是他和秦涛讨论了很久的一个计划。由于工作的关系，秦涛认识许多银行的 VIP 客户，这些人大部分是高官大款的太太小三，有闲有钱，她们嫌银行的理财产品收益低，想钱生钱却一没本事二没胆量，于是常常缠着秦涛找发财的门路。秦涛有次跟徐卫东聊天，谈起经济走势，他俩都看好南宁的房地产市场，就想为什么不利用这些资金组团炒房呢，于是就有了这个计划。但这种事秦涛不好出面，只能在暗中使力，徐卫东一个人又忙不过来，手下的小青年既不成熟也不可靠，正在发愁，"十月革命一声炮响，给中国送来了马列主义"——王楚及时出现了，秦涛心眼一转，和徐卫东一商量，就把王楚拉了进来。

"好呀，原来你俩一起算计我！"王楚心里隐隐有些不快。

"嗨！到时赚了钱你感谢我们还来不及呢！"秦涛正色道，"我们这叫优势互补，我有资金、老徐有本事、你有组织能力，我们三兄弟一起努力，还怕炒房团不赚得盆满钵满？我就不信，那些过江龙温州佬行，我们这些地头蛇'南八仔'就不行？"

秦涛豪气干云地站起来，端起酒杯，与二人一干而尽。

几杯酒下肚，三个人情绪高昂起来。趁着酒兴，秦涛要"亲兄弟明算账"，先把"赃"分匀。一番讨价还价，最后三人达成协议，炒房的收益除去各项成本，收益90%归出资的团员，他们三人提10%作为佣金，这笔佣金秦涛和徐卫东各得40%，王楚得20%，他们三人自有资金入市的，收益完全归个人。

王楚补充道："炒房团要想成功，必须是一个整体，一切行动听指挥。要跟团员说，买房虽然是以他们个人名义买，但买哪套房、付款方式、卖出价位、什么时候卖，都要听团长的！"

"对，要跟他们说清楚，你买的房只是名义上是你买的，实际上是全团买的！如果大家贪图小利，各自为战，就失去组团的意义了。"徐卫东赞成王楚的意见。

"这样算不算非法集资、非法经营啊？"王楚有点担心。

"两码事！从法律上说，资金还在他们手上，属于他们个人的投资行为，我们不过是提供意见收取业务咨询费而已，当然，实际上资金的运用控制在我们手上！"秦涛不愧是业界精英。

"我总觉得，买房的时候资金可以在团员手上，但卖房的钱最好经过我们的手！否则我们的收益无法保证！"王楚建议。

"对！买了再卖属于二手房交易，我们应当要求团员将所买的房全部拿到我的中介所挂牌交易，这样我们既控制了卖房的价钱和时机，又保证我们的利润不会流失。"徐卫东补充。

"可以。不过，老徐我可提醒你，卖了房后收益要及时与团员结清，切不可挪作他用！"秦涛叮嘱徐卫东，"如果你把团员的收益拿来搞别的，一旦被人家知道，以后就无法合作了，我这边也不好交代。更重要的是，你挪用钱去干别的，一旦资金链断掉，我们三个就要吃官司了！这可不是开玩笑的！"

王楚想起弟弟的话，正色道："阿东，秦涛说得对，你得保证！"

"不会的。你们放心吧！"徐卫东保证。

秦涛放下心来，告诉他俩，他那边已找好了二十来个团员，都是非常信任他的银行 VIP 客户，估计可调动三千万左右的资金。他问徐卫东，看好什么项目没有？何时出击？

徐卫东一听第一期就有三千多万资金运作，十分兴奋，加上酒精的催化，他开始手舞足蹈起来："炒房和炒股一样，一定要有题材！现在全国房地产市场的大环境不错，南宁的小环境也可以，但我们找项目时还是要尽可能找有炒作题材的，这样才能把房价炒起来，炒房只坚持价值投资的取向是不行的。"

秦涛深表赞同："对！我们不能买了房子坐等市场大势推动它升值，这样太慢了，利润也不高。炒房本质上就是一种投机行为，不是投资，这一点一定要明确，我们一定要在短期内获得高额利润。"

谈到这种专业性很强的话题时，王楚一般只能是听。不过经过这段时间的恶补，他也摸到了一点门道："道理是这样。不过，这个月跟着阿东转楼市，我没发现什么楼盘有特别的题材啊！售楼小姐强调的无非是地段、价位、配套这些千篇一律的东西。"其实，王楚知道徐卫东已成竹在胸，这样说，无非是为他搭个梯子，引其出宏论而已。这一套，王楚在部队里见得多了。

徐卫东果然顺势而上："非也非也。中国的楼市政策性很强，现在，南宁的楼市就面临一个巨大的政策性机遇！"

"中国—东盟博览会？"王楚和秦涛几乎同时脱口而出。

"聪明。2003 年，温家宝总理倡议每年在南宁举办中国—东盟博览会，同期举办中国—东盟商务与投资峰会。这一倡议得到了东盟十国领导人的普遍欢迎。"徐卫东不愧是商务部官员出身，说起这些来就像是官方的新闻发布会，"博览会由中国和东盟十国共同主办，广西承办，是中国与东盟扩大商贸合作的大平台。"

"好了好了，你现在无非就是一个白丁，别搞这些官方政治的说辞！"秦涛笑骂道。

徐卫东不理会秦涛的讥讽，学着央视大腕儿赵忠祥的口吻继续过嘴瘾，"南宁自古以来就是我国南方边陲重镇和著名商埠，有着特殊的战略地位和文化底蕴。中国—东盟博览会落户南宁，为南宁插上了腾飞的翅膀，使南宁从昔日的边陲小城蜕变成如今的开放前沿。特别是成为博览会永久会址后，大量外省投资商以及东盟国家的参与投资，更是拉动了南宁房地产市场的火爆升温。"

"不错。我看到一份资料，说今年一季度，南宁市新投资的三十个房地产项目中，近三成由区外和国外企业参与开发建设。比如什么'南湖国际广场'项目，计划总投资三亿元，投资方来自浙江温州；什么市中心旧城改造项目，总投资三亿元人民币，由一家泰国公司投资。"王楚也迫不及待地端出了自己的研究成果。

徐卫东赞许地看了王楚一眼，也拿数字说话："按照我们中介公司的资料，今年一季度，南宁市房地产市场完成投资七个多亿，同比增长差不多 100%。商品房消费需求旺盛，一个季度就卖了五十万平方米，建多少卖多少，空置率很低，而且，二手房交易也很活跃。"

"你们说的这些我也大致了解，但这个政策机遇是南宁市所有楼盘共同的机遇，我们怎么挑选特别受政策青睐的楼盘呢？"秦涛不解地问。

"你有没有听说过东盟国际商务区这个概念？"徐卫东终于抛出了他的真实想法。

"这个我略知一二。"秦涛说，"我们银行是博览会战略合作伙伴，我在今年博览会的筹备计划里看到，南宁市准备搞一个为东盟各国提供商务、办公和生活服务的综合园区。这个园区的建设需要大量的资金，离不开我们银行的支持。"

"真是春江水暖鸭先知。"徐卫东由衷地表示赞许。

"去去去，你才是鸭！"秦涛笑骂道。

"哦，对不起，我忘了，你是禽兽！"徐卫东先不忘反击一下，再接着说，"我以前在外经贸部，哦，也就是现在的商务部，的一个同事，现在在广西博览局当局长助理，他告诉我，这个规划中的商务区包括东盟各国联络部基地园区、东盟十国的领事馆区及各种高档商业配套设施。"

"你们说的这个东盟国际商务区，具体位置究竟在哪呢？"王楚问。

"目前我只知道在会展中心以东。"徐卫东耸耸肩。

"会展中心以东大了去了，这不白说！"王楚撇撇嘴。

秦涛关心地问："东盟商务区什么时候开建？"

"据说现在整体规划已做完，正在送审。"徐卫东说，"我那个同事告诉我，现在是4月份，南宁市要赶在国庆之前把园区的'三通一平'做好，估计 10 月中旬，东盟各国联络部基地园区将举行奠基仪式，10 月底第二届博览会召开时，我国领导人将在会上正式发布商务区开工建设的消息，以此作为南宁市服务博览会的具体举措。"

"这对周边房地产的开发可是重大利好啊！"王楚终于听出了门道，"这片地方承载着如此重大的政治经济意义，从国家、自治区到南宁市都会大力支持，将来肯定是南宁市的首善之区，如果我们现在在这片区域或是周边买房，那 10 月份消息公布之后，房价必定会应声暴涨！"

"对！现在南宁市低调得很，不准媒体宣传，就是为了到博览会时产生最大的宣传效应，这对我们其实十分有利。"徐卫东得意地说，"只要我们能在东盟商务区建设的消息正式向社会公布之前不声不响地大举买入区域内或附近的一手商品房，到时政策一发酵，我们再大量放盘，你俩就坐等收钱吧！"

"老徐，我真没看错你，"秦涛佩服徐卫东的精明，"你的想法是对的，我们一定要把第一个项目放在东盟商务区。不过，当务之急是我们必须尽快弄到一张东盟商务区的规划图，这样才能精准地选择项目。"

"没问题！我找我那同事一准搞定！"徐卫东大拍胸脯，"再说了，就算我这不行，秦处长你通过银行也可以弄到呀，人家拜你这个财神爷还来不及呢！"

大政方针已定，三人都有一种如释重负的成就感，就又上了一瓶茅台，完了又喝了几瓶啤酒，最后秦涛和徐卫东都醉倒在包厢的沙发上。王楚喝的少点，他借着酒兴走到落地玻璃窗前，虽然只是六楼，但由于外面是宽广的南湖和湖滨公园，举目望去，有种俯瞰大地的感觉。灯火璀璨的邕城之夜，加上酒精的兴奋刺激，王楚油然而生一种今夕何夕的快感，他很想就这么一直站下去，让自己迷醉在这亦真亦幻的世界中。

4

"五一"长假马上就要到了，徐卫东本来打算在"五一"之前拿到东盟国际商务区的规划图，没想到事情远比他想的困难。

首先是他在前同事那儿碰了颗钉子。徐卫东以前和他这个商务部的同事在泰国宋卡的总领馆待过，关系还算不错，但斗转星移，人家现在已是博览局的领导，徐卫东只是一个小商人，两人的地位已不可同日而语。徐卫东约了他好几次，才得见一面。徐卫东拐弯抹角地提出能否帮忙弄一张东盟商务区的规划图，或者带他看看也可以，还暗示可以花钱购买，可对方一口就拒绝了。徐卫东再打电话过去约见，对方就开始以各种托词避而不见。

徐卫东这边不顺，秦涛那儿也没进展。秦涛屡次以了解工程贷款情况的名义，催着南宁市规划局提供东盟商务区的规划方案，谁知规划局那边每次都有意无意地推脱——不说给也不说不给，而是说领导还未审批，不方便提供。秦涛催得急了，忽然有一天接到分管副行长的电话，让他不要再问规划局要商务区的规划图，副行长说，他看不出这张规划图对银行贷款审批工作有什么必要性和紧迫性——你追着人家屁股要干什么？秦涛吓得再也不敢往规划局打电话。

一个周日的下午，三个人躲在中介所的经理室里喝功夫茶，一边唉声叹气，一边吞云吐雾，搞得不大的房间烟雾缭绕，外间的员工还以为里面失火了，跑进来看了好几次。

房间里一片静默，只有墙上的时钟在滴滴答答地走着。

"要不……，找我弟弟想想办法？"王楚看着徐卫东和秦涛痛苦的样子，本来实在不想提这个事，但他知道，自己也深陷其中，无法置身事外，万般无奈之下才提出这个建议。

"你弟现在在干什么？"徐卫东和秦涛以前常去王楚家玩，对他弟弟也很熟悉，听王楚这么一说，两人的眼睛立刻放出光来。

"他武汉大学法学院毕业后分在市中级人民法院，先当书记员，转正后因为是科班出身、名校毕业，就一直给他们院长当秘书。去年他老板提了市委政法委书记，就把他弄到政法委当办公室副主任，实际上还是给老板当秘书。"

"那太好了！有这层关系你怎么不早说？"两人几乎同时喊起来。

"我弟那人，整天战战兢兢的，太爱惜自己的羽翼，我一般有事不愿找他。"王楚这次回家找工作，本来想让弟弟出面介绍他去法院，可弟弟刚刚提拔，怕影响不好，不肯出面。家丑不可外扬，王楚没法跟徐卫东和秦涛细说，试图把刚才的建议收回去。

"嗨，党领导一切！这对你弟来说，小菜一碟！"徐卫东毕竟在官场混过，深谙其中的奥妙，"有些事内外有别。我当年在商务部的时候，弄个批文什么的，地方上来个副省长都未必好使，可我一个小兵张嘎，在办公室与女同事嘻嘻哈哈就给办了。"

"你弟在外边就代表政法委书记，一定行！我们请你弟吃顿饭，你说他来不来？"秦涛深思熟虑后，拿出了办法。

"我想他会来的。"

"那就行了。"

饭是在"己一山庄"吃的。与大惠丰海鲜广场的张扬和铺张不同，"己一山庄"混迹于西南石油管理局的大院内，颇有些大隐隐于市的感觉。"己一山庄"其实就是蛇餐馆，兼做各种野味，为了掩人耳目，就取名"己一"，据徐卫东说，"己一"就是蛇。王楚没有考证过，但他觉得，徐卫东选的这个地方，很适合他弟弟这种刻意低调的政界人士。就冲这一点，王楚觉得徐卫东真是个人才。

一顿十分正经的饭，人人一副面具。

大家从国家的内政外交谈到自治区新来的刘书记再谈到南宁市未来的发展，最后得出一致结论：形势一片大好！确实不是小好!

吃完餐后的水果，弟弟对王楚说："咱们回吧？老婆孩子都在家等着呢。"

"她们早吃完了饭，怕是在梦之岛闲逛吧。"秦涛说。

"哦，我怎么不知道？"弟弟很诧异，看看王楚。

"我想两位嫂夫人和小朋友不一定喜欢吃野味，另外他们肯定也讨厌这种官式应酬，所以就让我们公司一个小姑娘陪她们到梦之岛必胜客欢乐餐厅吃比萨去了，事先没有征求你的意见，不好意思！"徐卫东解释说。

"那我只好客随主便了。"弟弟看了一下王楚，绝对没有生气的意思。

"阿东还叫那小姑娘拿了点购物卡，说是这几天梦之岛换季打折，让她们去捡便宜呢。"王楚拍拍弟弟。

秦涛递了一支烟给弟弟，很随意地说："我们建行组织 VIP 客户'五一'去日本玩，是贵宾纯玩团，还有两个名额，我帮你们填个表，让两位嫂子去日本逛逛，她们有因私护照吧？"

弟弟还没来得及接茬，王楚连忙对弟弟说："我们一家都没办过因私护照，再说，你嫂子和孩子都没见过海，五一我还打算带他们去北海玩呢。你们两口子都办有护照，你俩去吧。"

弟弟笑了，很有风度地说："三位大哥这是逼我上轿啊，你们有什么事尽管说，我哥的事就是我的事！"当着外人的面，弟弟很给王楚面子。

秦涛和徐卫东忙把东盟商务区规划图的事说了。

王楚想告诉弟弟，这涉及他踏入商海后的第一单大生意，没说几句就被弟弟摆摆手制止了。

弟弟沉吟半晌，说："生意上的事我不好插手。不过，我知道嫂子一直想自己买一套房子，那个地段现在偏远些，不过前景很好。你们的钱都是血汗钱，买房慎重点是对的。这样吧，我过两天正好要到规划局办点事，东哥你跟我一起去，你懂行，帮我哥选个好地段。对了，你干脆带个数码相机拍回来给他看，免得说不清。"

弟弟的话说得滴水不漏，徐卫东和秦涛没法接茬，两人相视一抬眼，笑了。

过了两天，弟弟果然叫上徐卫东一起去规划局。

到了规划局，办公室的刘主任早迎了出来，热情地与他们握手："王秘书，局长在办公室等您呢。"弟弟交代刘主任："你找个地方让我同事休息一下，等等我。"刘主任会意地说："知道了。"

弟弟转身去找局长了，刘主任把徐卫东引到一间会议室，递给他一瓶矿泉水，也不问他什么，关上门径自出去了。

这是一间装修十分豪华的会议室，徐卫东环顾四周，乐了——墙上挂满了各种市政规划图，其中最醒目的就是东盟国际商务区规划图，上面有关商务区的文字和图表说明应有尽有。

徐卫东抓紧时间，拿起相机一阵狂拍，半小时后，弟弟来找他一起回去的时候，他已经坐在会议桌前悠闲地抽起烟来。

回到中介所，徐卫东和王楚连忙将相机连上电脑，一边看一边下载，一个上午，东盟商务区的详细规划全出来了。

当天晚上，徐卫东和王楚把秦涛叫到中介所，徐卫东让秦涛坐好，自己煞有介事地开始做报告。

徐卫东指着挂在墙上的南宁地图，用一根不知哪里找来的旧电视机天线，一边指点一边介绍："东盟国际商务区总用地规模为3平方公里，规划选址在南宁市凤岭新区，北通民族大道，西邻石门森林公园，南靠青秀山风景区，东侧规划为高档居住社区用地。其周边1公里范围内有南宁国际会展中心，还将规划建设南宁大会堂、航洋国际大厦和一批成规模的高档住宅小区和写字楼群，商务区交通便捷，基础设施十分先进，还规划有即将兴建的地铁。"

王楚插话："根据规划，第一批马来西亚、老挝、越南3个国家的商务办事处五六月份就会动工，2006年10月底建成，其余东盟各国基地园区的商务办事处将在第四届中国—东盟博览会召开前全部建成。"

徐卫东继续说："此外，根据规划，南宁海关、北部湾规划建设委员会、自治区政协交流中心、自治区国土资源厅、自治区博览局、广西市长大厦等项目也已确定进驻园区。"

秦涛头脑十分清晰，马上做出判断："很清楚了，我们炒房的方向只能是——向东！东盟商务区的南北西三面都有自然屏障，唯有在东面规划了大型商住用地，我们现在要做的，就是到那一片去寻找预售的楼盘！"

徐卫东夸张地学着赵本山的做派，走过去握住秦涛的双手："哎呀大哥，你咋这聪明呢？"

规划图的事全靠王楚，事情办得漂亮，秦涛和徐卫东很高兴，又在大惠丰海鲜广场请王楚喝了一次酒。

这次王楚喝醉了。虽然立了大功，可他的心里实在高兴不起来，反而有点难受。王楚觉得，自己身为一名军人，至少是退役军人，居然干起了非法窃取国家机密的勾当，他怎么也无法释怀。说着说着，王楚居然哭了起来。

徐卫东安慰他说："言重了，言重了。这就像打仗必须要先看地形，投资炒房也必须先了解总体规划，否则无从下手。在商言商，这不算什么大不了的事，更谈不上非法窃取。我在商场混了这么多年，哪个商人敢说自己没有原罪？"

秦涛说得更有艺术，他说："我们炒房是促进南宁市房地产业的发展，哪个地方政府和开发商内心不欢迎炒房团呢？一个城市的房价高，说明这个城市的价值高，而且，还能为当地带来巨大的经济利益。既然炒房是合法的、有益的，那打点擦边球也无可厚非。有道是：方向正确，何必问手段呢？"

徐卫东知道王楚喜欢文艺，又自以为聪明地补充道："现在影视作品里谍战剧不是很流行吗？你看看古今中外的间谍，哪个不是在合法的外衣下干着非法的勾当？结果呢，还不个个都是英雄！"

王楚只有苦笑，他们的话全是偷换概念，强词夺理，对自己毫无说服力。王楚又觉得自己也挺伪善的，事情明明是自己干的，无论如何都难以推脱责任，哭一下就算完了吗？

5

从空中俯瞰中国—东盟博览会的永久会址——南宁国际会展中心，它洁白无瑕的"大穹顶"，像一朵巨大的朱槿花倒扣在郁郁葱葱的南国丘陵之上，主体建筑设计巧妙，充分利用地形地貌，依山就势逐层升高，气势恢宏，宛若西方宗教的圣殿。从会展中心往东，越过连绵绿树如碧波荡漾般的石门森林公园，就是规划中的东盟国际商务区，商务区再往东，是号称整个西南地区最大的长途客运站——南宁市琅东客运站。

琅东客运站2002年底开工建设，2004年建成投入使用。琅东客运站位于民族大道的南侧，东面是东出南宁的高速公路三岸收费站，西面就是东盟国际商务区规划图中所规划的大型商住社区用地。从2003年开始，伴随着客运站的建设，这片区域陆陆续续开发了几个楼盘，其中最大的是广房集团开发的碧清园小区。

徐卫东和王楚经过两天的实地勘察，发现这一片商品房的销售基本上处于一种不温不火的状态。原因是显而易见的，这片区域与市区相隔甚远——曾有人开玩笑说，这里是当年南宁知青下乡插队的地方——又隔着大片未开发的荒地，知道这片荒地即将迎来大开发大建设的人很少，所以，房屋销售的冷清是可以预期的。

碧清园小区是广房集团开发建设的一个大型楼盘，号称国家康居示范小区。按照报纸上的广告宣传，碧清园小区将于"五一"正式开盘销售，一期估计推出三百多套，均价在两千元左右。

徐卫东仔细对过东盟国际商务区规划图，发现该小区的位置三五年后将位于凤岭新区的中央，西接东盟国际商务区，与青秀山风景区、石门森林公园、南宁国际会展中心、高尔夫球场相邻，周边绿化休闲设施齐全，无工业污染，区位优势显著，升值潜力巨大。徐卫东和秦涛、王楚一商量，三人一致决定就炒碧清园一期。

"五一"前的最后一个周日，徐卫东、秦涛和王楚将二十多名团员集中到中介所搞动员培训。

"孟子说：有恒产者有恒心……我说，手中有房，心中不慌。"王楚首先跟大家天花乱坠地吹嘘了一番炒房的好处，他说话嗓门够大，鼓动性强。其实，王楚讲的内容都是东拼西凑抄来的，无非是炒房赚钱多、赚钱快之类，人心浮躁，大家一听"跨越式发展"，没有不感兴趣的。

王楚感性的动员使大家的情绪高涨起来，秦涛再从专业的角度点醒大家："通胀猛于虎！这年头除了工资不涨，什么都涨。

钱不用来投资买房，那么你们告诉我，钱往哪儿放？！大家都是我们银行的 VIP，我也不怕直说，现在存款利率那么低，理财产品收益这么差，我都不好意思劝大家把钱交给银行！"秦涛一席话，道出了这些"有钱人"的一个普遍心态——对钱失去了安全感，许多团员听得连连点头称是。

"我炒股已经炒成了股东，那买房会不会买成房东啊？"一个团员在王楚、秦涛的左右夹攻下，还保持着难得的清醒。

这时，一直从旁看戏的徐卫东跳了出来，大声回答："大家怕房子卖不出去？大可不必！刚需！'刚需'这个词听过没有？"

"肛什么……？"太太小姐们大多没听过这个词，冷不丁听起来有些令人难堪的歧义，几个团员脸上已露出困惑鄙夷的神色。

徐卫东不紧不慢地说："刚需就是刚性需求。也就是说，房子只要地段好，是铁定有人要买的。我给大家举个例，南宁市每年注册登记结婚的在八万八千到九万对，'新人买新房'，这是时下社会的大趋势。所以说，为了结婚，无论房价多贵，男方都得买！"

"不仅如此，现在从国家到广西到南宁，都在大力推进城市化，这个过程，至少还有二十年，在这二十年里，有多少农民要进城，他们对房子的需求又有多大？大家想过没有？"秦涛再给徐卫东点起的火浇上一勺油，"说难听点，你们就是炒房炒成了房东，也不要紧，坐在家里做包租公、包租婆也蛮好嘛！"

"哈哈哈……"太太小姐们笑成了一片，平时她们哪知道这些，一个个听得摩拳擦掌，一副跃跃欲试的样子。

接下来，王楚简单介绍了碧清园小区的基本情况，说明为什么选择炒它的理由，以及获利预期，并跟大家交代了团队纪律和注意事项。

徐卫东特别强调："大家一定要多买，钱不够可以办按揭，尽可能把剩下的房源一扫而尽！买房时房源是否理想，将直接影响到今后的出手速度和卖价。"

王楚跟大家解释："要想将来二手房卖个好价钱，我们一定要争取垄断一手房源，这样才能操纵价格。"

"我已经有房贷了，而且不止一套，怎么办？"一个团员高声问道，引来周围七八个人附和："是啊是啊，怎么办？听说现在国家对房贷控制得很严。"

"大家听我说，"秦涛站起来，高声说，"办法是找身边的亲戚或朋友帮忙，以他们的名义买，用他们的姓名贷款，一切问题都迎刃而解！等买房那天，记得把他们一起叫上。"

徐卫东补充道："一定要先考察他们的人品，这是关键的关键！最好找自己信得过的亲戚，这样危险系数最小。"

"亲兄弟明算账，你们要事先与这些人签好协议。"王楚拿出事先准备好的协议样本，一边展示一边说，"我们这里已经为大家拟好了协议，你们房子出手后按房款毛利润的 10% 支付给他们好处费。"

"假如我找的亲戚也有两套或多套房产，那怎么办？"又有一个团员提出了质疑。

秦涛回答："当然，大家尽量找没有房贷的亲戚。实在找不到，也没问题。房屋贷款要突破国家限制，关键是过银行的征信手续关，只要同时在不同银行办理房贷，就能顺利渡过此关。"

他接着解释："贷款人从申请贷款到办完贷款手续需要10—15天的时间，这期间，银行要展开个人征信记录调查，即核实贷款人的房产。核实期间，各银行信息不共享，整个过程大概一个月才能完成，利用这一个月的间隔时间，你们早就完成房贷手续了！"

"那被发现了怎么办？"又有一个团员提出了质疑。

秦涛不慌不忙地回答："发现了就发现了。大家别担心，即使被银行发现，眼下也没有相关法律制裁，顶多付全款或再找别的亲戚顶个名就是了。总之，没有走不通的路！"

由于准备充分，培训进行得十分成功，听到最后，团员们都情不自禁地鼓起掌来。王楚一看势头不错，马上拿出准备好的合同，与大家签订了委托"南屋置业"中介公司销售二手房的代理合同。

"五一"虽说是劳动者的节日，可在开发商的眼里，却是赚取劳动者金钱的节日，整整七天长假，各个售楼部顾客盈门，人满为患。

按照事先的约定，"五一"中午一点钟，炒房团全体成员再加上她们带来的亲戚朋友四五十人，在徐卫东和王楚的带领下，开着二十几辆车浩浩荡荡地开进了碧清园的售楼部。

一进售楼部，徐卫东先找个角落的沙发坐下，眼观六路，掌控全局；王楚则上蹿下跳，指挥一切；炒房团的成员大多数都是太太小姐，叽里呱啦，大有把售楼部掀翻之势。

一场轰轰烈烈的扫楼大战瞬时爆发！

一个少妇拉住王楚："王哥，你看这个户型好吗？我可签了啊？"

王楚大派定心丸："这个楼盘有多少套房子都要买尽，根本不要看户型，你就等着升值吧！"

一个瘦瘦的中年妇女拿着厚厚一沓东西跑过来，用报纸裹得严严的，忙不迭地小声说："小王，我拿的是现款，银行卡出了点问题，这里是三十万。"王楚眼都不抬一下，顺手递给了售楼小姐。那沓钱，在他们看来，就像纸一样！

身后一个略胖的中年妇女拍了拍他的肩说："小王，我想买三套，还差两万，你借我一下，明天给你。"那口气，像去捡2毛钱一样轻松随便。

王楚一指徐卫东："找小徐，他有，打个借条啊。"

王楚一手指挥团员，另一手还不忘指挥售楼小姐说，"快、快，再给我们拿几份售房合同协议书来！"

旁边两个中年妇女完成了交易，坐在一旁笑嘻嘻地看热闹："你看这场面，买房像买青菜萝卜，钱都不是钱了。"

一个经理模样的人看出坐在角落的徐卫东是这帮人的头儿，

跑过去把他叫进了经理室。王楚有点担心，也跟了进去。

接待他们的是开发公司的副总，副总热情地端茶让座，笑眯眯地说："你们来势汹汹呀！想把我们一期房源全扫光？"

徐卫东也不避讳："是，你们的房子不错。"

"爽快。我让外面的置业顾问配合你们。不过，你们也要配合我。"

"怎么讲？"

"打开天窗说亮话，你们今天来扫盘，是看到了我们这里的升值潜力——东盟商务区概念嘛。说实话，我们收到消息晚了点，一期的房价定低了。不过，我们可以捂盘惜售。"

"有钱大家赚嘛！难道你们不想尽快让房子出手，把钱周转过来？"

"当然想。但你们也要帮我们抬抬轿子。"

"怎么抬？"

"今年博览会之后，我们要推出二期房源，到时建设东盟商务区的消息肯定已经尽人皆知，我们二期的房价会提高到三千五左右。"

"半年涨一千五？你们也太黑了吧？"

"黑？只怕到时抢都来不及。东盟国际商务区建设的消息一公布，这个地段买到就是赚到！"

"你要我们做什么？"

"我们一期房源中内部认购的和零零散散卖了的，估计在20% 左右，你们今天一扫盘，就握有 80% 的房源，而且成本很低。所以，今年的博览会之前，你们不许放盘，过了博览会，你们才可以挂牌转让，且均价不能低于每平方米三千元！"

"我是没问题。但我们的团员都是大嫂大姐，她们的目光没有那么长远，胆子又小，总想快点收回资金，可能过两个月涨了两三百就想获利了结了。"

"不行。如果这样，到时我们就不给你们更名转让，或者收取高额更名费，你们要转，只有等办好房产证，那至少是几年后的事情了。"

"三千？我怕这个二手房价太高了，到时转不出去。"

"没问题的！我们二期开盘均价会涨到三千五，你们按三千转一点问题没有。"

"能涨那么高吗？现在市区的房价也就两千五左右。"

"市区的房价年底也会涨上三千。再说，这个地段的升值潜力比老市区好多了。"

徐卫东沉吟半晌，把杯中的茶一饮而尽，站起来说："好，就按你说的办！"

徐卫东和副总达成了协议，握手言欢。王楚在一边心里暗暗吃惊：就这么短短几分钟，房价就炒高了一千元？唉，普通购房者真是冤大头！

出了经理室，王楚悄悄问徐卫东："他卖他的，我们卖我们的，他管我们卖多少钱干吗？"

徐卫东瞪了他一眼："你秀逗啊，我们的二手房也是新房，我们卖得便宜了，他们的二期房价怎么往上涨？开发商黑着呢！"

一个下午，炒房团成员将碧清园一期剩下的两百多套不同楼层、不同户型的房屋一扫而空，眼睛都不眨一下，光两百套房子的合同签发，就把售楼部的小姐累个半死。签好的合同复印件，一张又一张，协议书像小山一样越堆越高，售楼小姐看都不看一眼。

为了确定房子已经买尽，王楚末了又问售楼小姐，是否确定没房了，售楼小姐再次翻遍了整个楼盘示意图和剩余楼盘登记表，无力地说："没了，空了！"

6

房子顺利买完，收尾工作结束，徐卫东觉得王楚前一段时间劳苦功高，公司一时半会儿也没什么新动作，就让他放长假休息一阵。

王楚趁这段时间回了趟部队，他将自己留在军营和广水的痕迹一扫而空，彻底与自己二十年的军旅生涯做了一个了结。当他看完最后一个战友，洒泪而别，登上南下的列车时，他又想起了二十年前那个豪情壮志的夜晚，真是"人生几回伤往事，英雄一去豪华尽"啊！

回到南宁，回到现实，已是六月初。

王楚到公司上班，见到徐卫东，扔过去一条湖北名烟黄鹤楼，开口就问："下一步我们怎么操作？"

徐卫东看到王楚很高兴，但他没有接王楚的话，而是马上拆开一包黄鹤楼取出一支点上，深吸一口，答非所问地说："广告上说黄鹤楼'天赐淡雅香'，可我还是喜欢'天高几许问真龙'！"王楚知道，真龙是南宁卷烟厂的牌子。

"好大的气魄！"王楚笑道，"不知徐总是评价香烟呢，还是评价自己？"

徐卫东笑笑，摆摆手，开始说正事："我们现在只有等。这炒房要过三关。第一关，抢购房源，价格要低、数量要大，尽可能垄断，这一关，我们过得漂亮。第二关，囤积房源，这时候有三种选择：一种是求稳，房子在手赚个两三万就满意了，这种做法不对，对炒房团队尤其不利；第二种是所谓'长线投资'，等上个年把房价基本升得差不多了再出手，这种做法时间太长，单位成本太高，也不可取；第三种就是等整个楼盘房价大势基本确定，市场完全由我们掌控定价时果断出手！毫无疑问，我们必须选择第三种。"

"那第三关呢？"王楚问。

"第三关是抛售房源。等房价利多的消息一发布，我们立刻抛售，一套不留，获利了结。"

王楚有点担心："我们跟开发商约定，把房价炒到那么高，你敢确信到时一定能售出？大量囤房难道就没有后顾之忧？"

徐卫东神秘地一笑："中国人买房是买涨不买跌。在中国，别怕房价高，越高，越有人追着买！这种状况造成真正想买房的人心中慌慌、头脑发热、思维混乱，于是赶紧买下再说！这就叫社会心理学。"

"听说国家准备出台'首套付三成、限购家庭套数、三套停贷以及征收契税'等调控政策，是否会对炒房产生不利影响呢？"王楚虽然离岗几个星期，却依然十分关心相关政策的发布。

徐卫东笑笑："在中国，房子仍属稀缺产品，刚需和改善型住房的需求缺口很大。记住：羊毛出在羊身上。那些所有限制楼市的'附加费'，最终都会记在买房人的头上，对我们炒房人来说，意义不大。事实上，国家越出拳打压房价，房价越涨得厉害！"

"怎么讲？"

徐卫东解释说："炒房是有钱人玩的游戏！国家调控楼市的手段，远远敌不过炒房人手中的钱。中国有钱人太多，而投资渠道却很少。房子在炒房人手中不断'挪窝'，房价就不断跟着'递进'，最终，刚需和改善型购房者只能埋单！"

徐卫东继续说："眼下，国家二次调控从契税、三套停贷上'一刀切'，表面上看一二线城市的购房潮暂时被遏制，但也圈住了改善型住房和刚需者等真正想买房子的人，一旦国家放松政策，房价就会像弹簧反弹一样飙升，那时情势就难以控制了！而且国家上有政策，各个城市却有各个城市的'利益链'，因此会冒出各种各样的'对策'。"

"你的意思是说，南宁市政府也希望房价涨？"

"当然！就拿东盟商务区来说，只有房价涨地价才会涨，市政府才能拍卖土地赚钱，否则，他拿什么钱搞开发建设？"

日子在等待中过去，秋天来了。

王楚在广水待了二十年，秋天是他最喜欢的季节。曾经的北方秋日，那样的让人留恋。王楚最喜欢的是落叶，一凝神，似乎就能听到秋风吹起黄色的落叶从身边一卷而过，留下沙沙沙的声音；一抬头，似乎就能看到那慢慢光秃的枝杈上挂着几片残存的落叶，凉风一吹，缓缓飘落，充满禅意的感觉。

然而，南宁的秋天却是春意盎然的。虽然已过立秋时节，大街小巷依旧绿树成荫、蝉声起伏，鲜花盛开、热意不减。

南宁房地产发展的势头，也正如这善解"商意"的天气，热情而奔放。

不出徐卫东他们所料，第二届中国东盟博览会和商务与投资峰会如期成功举办，东盟国际商务区的概念横空出世，为南宁房地产业的发展插上了腾飞的翅膀。

博览会后，东盟商务区的开发建设已逐渐明朗，整个区域显示出强劲的升值潜力。南宁地产界一致认为：它不仅是东盟各国商务往来联络的地方，更是南宁未来的新城市中心，在该区域进行房地产项目投资，不仅是企业扩张的战略举措，同时也是宣传企业品牌的一个有效途径。

一时间，全国各地品牌地产企业不断涌入，保利地产、利海地产、华润置地、深圳天健、远辰地产、盛天地产等地产大鳄同时进驻，他们带来了先进的设计理念，同时也将掀起东盟商务区真正的建设高潮。

业内人士预计，随着中国—东盟博览会举办的渐趋成熟，东盟国际商务区建设日益完善，这一区域一定会逐渐形成巨大的物流、信息流、资金流，涌入大量的高端人群，可想而知，未来五到十年，这里必将上演南宁地产界的盛宴。

博览会一结束，按照事先拟定的计划，徐卫东和王楚开始将碧清园一期的房源挂牌销售。他们手上一共持有210套碧清园一期的房源，虽然有"东盟国际商务区"这个金牌概念加持，但一下子全放入市场，王楚没有信心。徐卫东教育他，在市场利好的形势下，"间歇式营销"是他们的不二选择。所谓"间歇式营销"，就是不要一下全拿出来卖，而是根据市场情况慢慢卖。这样做的好处是有意无意地造成市场供不应求的态势，促使购房者产生一种恐慌心理，对房价的上涨起到推波助澜的作用。

按照这种理论，徐卫东首先在他"南屋置业"下属的七八家门店慢慢放出十几套碧清园一期的房源"试水"。因为南宁市民近几个月已饱受东盟国际商务区概念的疲劳轰炸，所以打着"商务区第一盘"招牌的碧清园一期房源在二手房市场一露面，立即引起了市民关注。

徐卫东首先选择推出的大多是楼层、户型相对较差的房源，定的价是每平米两千八左右，这个价钱在市场上很有吸引力。

因为经过一段时间媒体对东盟商务区房地产发展的恶炒，大家对东盟商务区的房价已经有了一个很高的期望值，市场耳语，即将开盘的碧清园二期均价将超过每平米三千五，而2006年上半年开盘的盛天星城均价将过四千，现在碧清园一期新房转让价才不到三千，早就跃跃欲试的购房者哪管什么楼层和户型，不到两个星期就将房源一抢而空。

用这种办法，2006年春节之前，徐卫东和王楚已陆陆续续卖出了六十多套房子，每平米均价不到三千元。

这天，秦涛到南屋置业"检查工作"，听王楚汇报完了情况一脸的不高兴，嫌他们房子卖得太慢，价钱卖得太低。

徐卫东不以为然地说："你这个民工！急着要钱回家过年吗？春节后东盟商务区会有几个高价楼盘入市，到时我们就可以借他们的东风，大幅提高房价。我们现在卖的这六十多套，都是边角废料，到时我们的房子户型、楼层比人好，价钱比别人便宜，还愁不大赚一票？"

春节过后，碧清园二期果然以每平米均价三千六百八十八元开盘销售，盛天星城也在媒体大做广告"五一"开盘，现已接受预定，据说预定价格已过四千。

这时候，徐卫东才指示王楚"主力尽出"，只要不低于每平米三千三，能卖就卖。接下来的一个多月，徐卫东负责领着几个员工带人看房，王楚负责盯门店，也带着几个员工指导买卖双方签转让协议、办各种手续，"五一"之前，炒房团持有的碧清园一期房源全部卖光。

"五一"长假，徐卫东、秦涛和王楚关上门躲在公司里"轧数"。他们这次一共炒了二百一十套房子，刨去各种费用，平均每套房子赚了十万多一点，炒房团斩获业绩两千二百多万。按照约定，他们三人可得佣金二百多万，徐卫东和秦涛各分得八十多万，王楚分得四十多万。徐卫东自己还买了三套房，秦涛买了两套，也已转手售出，如此一算，这两人获利都已超百万。王楚也买了一套三房一厅，他没舍得卖，想留来自住，被徐卫东嘲笑"目光短浅"。

三人拿到钱后，都很高兴，徐卫东大方地请他俩到大阪一区宿舍里新开的私房菜馆"独一味"庆功。

"独一味"设在一套三室一厅的公寓里，每个房间就是一个包厢，每晚只做三桌生意，必须预定。"独一味"的老板叫岑青青，三十出头，是个背景复杂的清丽女子，不知是失婚还是未婚，反正单身，王楚听徐卫东提过她几次，觉得两人似乎关系有点暧昧。据徐卫东说，岑青青有一本家传菜谱，从不示人，每晚的菜色，都由她亲自指点厨师烹制。

菜上齐之后，徐卫东把岑青青叫过来助兴，王楚一见，果然别有风韵。徐卫东指着满桌的佳肴叫他俩尝尝，尝完之后问他们有何感想，秦涛笑而不答。王楚的父亲好玩爱吃，从小带他吃遍了南宁的大小馆子，奠定了他的味觉基础，王楚想了想说："什么菜什么味。"

"唉，我几乎吃了一年的'独一味'，要不是青青告诉我，都没悟出这个道理，你却一下子就觉悟了。"徐卫东做痛苦状。

青青撒娇地推了推徐卫东："你是贪嘴，人家是品味，能一样吗？"

"那你知道为什么吗？"徐卫东不甘心。

王楚老老实实地说："不知道。"

徐卫东又得意起来："每个菜系都有一套固定的烹饪手法，虽然原材料不同，但味道基本差不多。比如川菜的麻、湘菜的辣、粤菜的清淡、淮扬菜的甜。青青的祖上做过江苏巡抚、云贵总督、两广总督，且为官一任，必纳妾一方，加上人又好吃，每个妻妾争宠做一个菜，不就百菜百味了？"

秦涛和王楚做恍然大悟状，纷纷起身向岑老板敬酒，四个人你来我往，喝将起来。

喝到高潮处，人也兴奋起来，王楚猛然想起自己已有四十多万白花花的银钱进账，炒房一年居然好过当兵二十载，内心一阵狂喜，差点笑出声来。为怕失态，王楚借口方便，跑到卫生间关门捂嘴狂笑，发泄完了，方整装理容，重新入席。

当晚王楚喝多了，晚上睡觉做了一个梦。他梦见自己浮上云端，举目四望，到处都是金碧辉煌的空中楼阁，他满心欢喜地扑向它们，谁知却扑了个空，从云端高高坠落，重重地摔到地上，醒了。

王楚忽然间想起曾经看过的一部美国大片《梦境》，说的是人在梦中的活动往往会预示现实中的活动，如此看来，这个梦显然不吉利。"它到底预示着什么呢？"王楚心里隐隐有些不安。

7

整个 2006、2007 年，徐卫东和王楚以"南屋置业"为依托，继续组织炒房团四处出击，每次都有可观的斩获，一些老团员最初投入的几十万都翻成了两三百万。"南屋置业"炒房团的名声越来越大，徐卫东和王楚不再单单依赖秦涛拉来的客户，而是各自发展了一支相对固定的炒房队伍。

最富有戏剧性的一幕出现在 2008 年初。

东葛路是南宁为数不多的东西向的干道，然而在 2007 年之前，这条路却是两头不到岸。路的西头没到邕江就被南北向的朝阳路当头截断，路的东头还没接上快速环道就被一片都市里的村庄——茅桥村挡住了去路。

在老南宁的感觉上，茅桥就是一个藏污纳垢的地方。这倒不是说茅桥村的治安有多差，而是这里集中了少管所、妇教所、南宁监狱等劳改单位。监狱集中建在市区，这也不能不说是南宁的一景了。

2006 年下半年，一名茅桥村的村干部因小孩出国，想卖村里盖的四层楼，他到徐卫东的"南屋置业"挂牌转让，可两个月都无人问津。一是这个房子只有村产权，没有房产证；二是茅桥臭名远扬——在南宁，人家问你住哪儿？你说住茅桥，人家还以为你蹲监狱呢！

王楚把这个事当作谈资回家一说，还下了定论："这种房子谁会买呢！"

弟弟淡然地说："未必，据我所知，为了给城市建设腾地方，自治区监狱管理局已经在环道以外建设了新的南宁监狱，过年就搬。至于少管所、妇教所，也已规划新址建设搬迁。新的东葛路延长线 2007 年下半年就要开工，双向六车道，穿过环道直通琅东。"

王楚一听，心里倒吸一口凉气，他想，这年头，信息就是金钱，像弟弟这种身处官场中枢的人，其实就是一个信息的终端，就算不贪污腐败，只要按图索骥，想不发财都难。

王楚忙说："人家只要二十万，要不要我帮你买下来？"

弟弟一笑："这是商机，对你们这些商人有用，对我则是垃圾信息。"

王楚语带讥讽地说："是是，你越来越像台湾的马英九了，'不粘锅'嘛，像你们这种有官场大志的人，生活中真是可怕！"

第二天，王楚把这个信息对徐卫东一说，徐卫东拍桌叫好，立马就把这栋楼买了下来，还问干部村里有没有其他人想卖。像茅桥这种城中村，田地早已被政府征用，每户人家至少有二三栋楼，村民都不用干活，除了拿分红就是建房出租。相较于其他城中村，茅桥既未通路，又紧靠监狱，房子历来难租，干部拿着二十万大票喜滋滋地回村一宣传，又有五户人家卖了楼，加上干部的一栋，徐卫东和王楚各买了三栋。

　　2008 年元旦一过，东葛路延长线正式开工，市里下了死命令，春节前一定要完成拆迁，加速搬迁者重奖。拆迁补偿方案一公布，徐卫东和王楚乐翻了天，一平方米补偿三千元，四层楼四百多平方米一共给了一百二十多万，三栋就是将近四百万，他们当初买楼成本也就六十多万，这一下，两人净赚三百万。

　　钱到账的第二天，徐卫东拿了一个厚厚的牛皮纸袋递给王楚："给你弟！"

　　王楚很奇怪："什么东西？"

　　"三十万现金。"

　　"干什么？"

　　"茅桥信息费。"

　　"他说不关他的事，他不会要的。"

　　"他要不要是他的事，但我们不能不给，"徐卫东语重心长地说，"我劝你也给，亲兄弟，明算账嘛。"

　　王楚将信将疑，回家把钱交给弟弟，弟弟什么也没说，转手就给了弟媳。王楚暗暗佩服徐卫东考虑得周全，隔天问弟弟要了账号，也转了三十万给他。

　　2007、2008 年，国内经济形势进入变幻莫测的时期。

　　2007 年上半年，股市全面飘红，全国房地产投资全面活跃，南宁市房地产均价已经快速超越五千元／平方米。面对全国房地产价格过快增长的局面，央行七次加息来抑制房地产过快增长的步伐。

2007 年底，房地产市场开始降温，全国房地产市场开始出现下行的趋势。

2008 年上半年，受国际金融危机的影响，房地产市场一度陷入低迷期，全国出现了大量土地流拍、退地、退房现象。而南宁也不可能独善其身，全市房地产市场进入低迷状态，房地产价格水平基本维持在 2007 年底的基础上，二手房的交易也进入"冰河期"。

这段时间，徐卫东和王楚也没有再组织什么炒房行动，只是以一般的二手房中介业务维持着公司的正常运转。

六月的一天，徐卫东和王楚在经理室抽闷烟、喝闷茶。

"我们现在怎么办？"王楚首先打破了沉默。

"凉拌！"徐卫东没好气地说，"大环境不好，去哪儿找炒作项目？"

"看来还是上班好，旱涝保收。不像自己做生意，有得做的时候累死，没得做的时候闲死！"王楚感叹道。

"你这话应该换一种说法，我们可以找有得做的生意做，没得做的就不做！"

"哦，你又有什么新想法？"经过这三年，王楚对徐卫东商业上的能力很信任，看他这么说，心里又燃起了希望。

徐卫东问王楚："我先问你，这三年炒房，相对于以前在部队走仕途，你有什么感受？"

王楚想也没想就回答："很好啊。我感觉自己已经从失意中重新崛起，成了一名商界的成功人士！"

"哼，成功人士？"徐卫东不以为然，"真正的成功人士，本身是非常低调的，绝对不会组织一群人招摇过市地去炒房，更不会让那么多人都知道自己买的房在哪里，不怕被贼惦记着绑架啊？而且，每一个真正的成功人士都有自己的职业，非常繁忙，根本没有时间跑来跑去炒卖和管理自己的房子。说白了，我们就是一群有组织的投机分子，只不过嗅觉还算敏锐，在资本的缝隙中嗅到了钱的味道，比大多数人快一步行动，侥幸取得了成功。如此而已！"

"这样也很好啊。"

"但你有没有想过，这样是不可持续的！国家现在对炒房打得越来越狠，房子终究有一天会回归居住的本位，到时你怎么办？"

"反正我有钱了，没得炒了就退休呗。"

徐卫东鄙夷地说："你那几百万算有钱？这年头，至少千万身家才算经济上安全。如果像我这样，还想做点事的话，最少得两、三千万。"

王楚着急起来："你是不是有什么想法啊？快说嘛！"

"你先别急，等我说完。"徐卫东严肃起来，"最近，我研究了一下国际国内的经济形势，颇有些心得。"

"哦？"

"我们国家的经济发展主要靠投资、出口和消费三驾马车来拉动。现在国际金融危机，出口肯定是不行了，消费呢？现在社会保障这么差，老百姓哪敢消费啊！所以说，国家要走出经济困境，只有靠投资！"徐卫东故作神秘地压低了声音，"我商务部的同事告诉我，中央已经决定，砸四万亿投资基础设施。"

"这关我们什么事？"

"你这就不懂了，政府投一块钱，就能拉动民间投资5—8块钱。关键是，这样一来，整个经济就活了，包括房地产，你看嘛，下半年，国家一定会出台一系列对房地产的宽松政策，比如降息、税收优惠、调低资本金比例，等等。"

"那这样一来，我们又可以炒房了？"

"唉，你有点志气好不好！"徐卫东恨铁不成钢，"炒房是条不归路，我们不能老是做投机生意！黑社会还知道把抢来的钱漂白呢！我们要抓住有利时机转行做投资，投资房地产，自己做开发商！"

"自己做开发商？在南宁？我们实力太弱了吧？"

"台湾人常说'爱拼才会赢'，我们南宁人不是也有一句话'搏一搏，单车变摩托'吗？"徐卫东忽然感性地说，"阿楚，我们都四十出头了，再不拼一下，就没机会了。你看我，这十几二十年，工作也丢了，家也未成，我知道，多少人在看我的笑话啊！我要不在商场杀出一条血路来，我，我情何以堪啊！"

这话说到了王楚的心里，他想，自己也好不到哪儿去。想当初，他打报告转业，虽然主要是为了照顾家里，却也含有"此处不留爷，自有留爷处"的意气。他不想再找个单位从头开始，毅然决然地跟着徐卫东投身商海，不也是想另辟蹊径重新崛起，证明给别人看吗？可是，证明什么？证明给谁看？他一时半会儿也说不清楚。

徐卫东继续循循善诱："阿楚，你现在虽然赚了点钱，可在别人的眼中，还不是个小中介？这种工作，阿狗阿猫都可以做！搞房地产开发就不同了，不仅利润巨大，而且能够改变我们的社会地位。我们一定要摆脱小中介的影子，成为具有社会影响力的地产商人！"

"开发商？"王楚心里一亮，可不，人们忙忙碌碌、蝇营狗苟，不就是渴望得到社会的认可，寻求一个成功的社会定位吗？自己已过不惑之年，求学名落孙山，做官半途而废，归隐又心有不甘，商业上的成功对自己的吸引力的确是太大了。

"你有什么想法？"王楚问。

"想法是有，不知你感不感兴趣？"

"愿闻其详。"

"秦涛前两天带我看了一个停工项目，就在民歌大道上，市中级人民法院对面，叫作亚太财富中心。"

"我知道，就在桂秀立交桥的旁边。"

"这个项目原来是百色市政府驻南宁办事处的，七倒八倒现在倒到了一个叫黄万红的人手里。这个人原来是检察院的一个干部，辞职后搞了个什么时代商城的小项目，赚到了第一桶金。这个亚太财富中心是他的第二个项目，刚挖了个地基，据说没钱了，他就想卖了它赚一笔然后移民加拿大。"

"你怎么这么清楚？"

"这个项目在秦涛他们行办抵押贷款。秦涛了解这个项目的底细，他有一个想法，觉得这是我们真正转型的一个机会。"

"看看再说吧。"

8

按照规划设计，亚太财富中心是一栋三十层高的商住楼。项目背靠会展中心，面向民歌湖，处于民歌大道上的绝佳位置，这对徐卫东、王楚来说，确实是一个在房地产界迅速崛起的平台。

利用一个周末，秦涛带徐卫东和王楚对项目进行了认真的考察，还与项目现在的业主黄万红见了面，双方就一些买卖的细节进行了初步的磋商。

当天晚上，秦涛、徐卫东和王楚在"独一味"开了个包房，边吃边聊。

秦涛首先介绍了项目的简单情况，他说："现在的情况很清楚了，黄总想移民，他无心继续搞这个项目，转让费五千万。对我们来说，这是个机会，大家敞开聊一聊，看有没有可能接手过来做？"

徐卫东问王楚："你感觉怎么样？"

"地段很好，从目前的地价来说，再加上打地基的钱，转让费绝不算贵。"王楚回答得很干脆。

"我也这么认为。那就下决心干了？"

"资金是个问题。买这个项目的钱哪来？续建的钱哪来？"

"一步步来，我们先解决购买项目的资金，"秦涛说，"我可以拿五百万。"

"我也出五百万。"徐卫东说。

王楚面有难色："我最多能出二百万。"

"我还可以从银行的 VIP 客户中找一些小股东，私下募股，估计可以解决两千万左右。"秦涛说，"这样就还差两千万。"

"两千万！差二百万还讲讲！"王楚信心不足，"说实话，以我们现在的实力，搞这个项目，明显是蛇吞象嘛！"

"……"

三个人无语良久。

"我们公司现在账户上有许多房屋买卖双方的往来资金，我们为什么不利用这些钱做点事呢？"徐卫东打破沉默，掐灭手中香烟，似乎下了很大的决心。

"可是这些钱是别人的啊！"王楚叫道。

"我们可以这样，利用'南屋置业'做平台，将公司收到的大量客户房款资金转入其他账户，或利用公司员工名义，假扮买卖客户，付出首付款后把房产过户，用于银行按揭贷款套现，这样一来，我们就能获得大笔资金挪作他用。"徐卫东显然已经考虑了很长时间。

"这样做行得通吗？"

"一通百通。买卖双方互不认识，信息不对称，为防被骗只好将房款或是房产证交给我们，以确保安全成交。而且，目前南宁市房产中介与买卖双方签订的委托合同没有规范的蓝本，就算起诉我们，也十分困难。"

"你这是诈骗啊！"王楚吓得站了起来。

"这有什么，一旦被发现，我们把钱退给人家不就行了？顶多被骂两句。"徐卫东很有把握地说，"我们公司现在信誉不错，门店分布较广，交易量还算稳定，拆东墙补西墙，弄个一两千万资金出来用用，还是安全的。"

"从技术上来说，倒是可行的。"秦涛盯着窗外，长吐一口烟，"关键是资金链不能断。"

徐卫东有把握地说："我们只要撑到亚太财富中心获得预售许可证，房子一卖，有钱进账，就万事 OK 了。"

王楚一屁股瘫在沙发上："你们是不是已经在这么干了？"

"是。"徐卫东面无表情地说，"实话告诉你，我早就在做资金上的准备，就是不搞这个项目，我也要干别的。你知道吗，让这么大一笔资金白白从我们账上流进流出，简直就是罪过啊！"

"其实你们早就商量好了，现在不过是想拉我入伙，就像当初炒房那样！"王楚醒悟过来，"好，就算骗来了买项目的资金，那续建的款项呢？怎么办？靠你那个中介公司，也骗不过来这么多钱呀？"王楚试图使他俩知难而退。

"别骗骗骗的说得那么难听。续建的钱好办，我们拿到项目后可以把它抵押给银行贷款。"徐卫东很不满意王楚的说法。

"这不行，亚太财富中心之前已经进行过银行抵押，所以，我们无法再通过项目抵押的方式获取银行贷款。"秦涛无奈地说。

"那怎么办？"徐卫东显然没有思想准备，一时愣住了，"那你当时还劝我接手这个项目？"

"别急嘛，办法倒是有的，不过却是一步险棋！"

"快说！"

"我们也学人家，搞假按揭！"秦涛面无表情地说，"很多开发商并没有多少钱，却能盖起一栋栋高楼大厦，房产出售后获得高额回报，都是用虚假按揭的方法，从银行获取资金。其实方法也很简单，就是找一批人和开发公司签订房屋买卖合同，然后以虚假的购房人的名义，在银行办理个人住房按揭贷款，贷款办下来之后打到公司账上，每月的月供由公司统一归还。"

"高啊！你真是金融界的禽兽！"徐卫东不知是骂秦涛还是夸秦涛。

秦涛狠狠地说："舍不得孩子套不住狼！"

王楚在一旁听得彻底无语，他想起当年秦涛还提醒徐卫东不要做违法的事，如今自己却有过之而无不及。他知道，这两个家伙已丧心病狂，他想说，我宁愿要孩子，不要狼，可他没敢说。

看到王楚默不作声，秦涛劝他："这对你也是好事啊！我想好了，你只要负责盯住工地，确保工程按期完工，其余的事我和阿东搞定，怎么样？"

徐卫东则是利诱王楚："只要我们这次博中了，我们就能赚几个亿，几个亿哪！到时你想干什么就干什么！我可告诉你，这么好的机会不会有第二次了！"。

不知怎么，王楚忽然想到徐卫东当年在泰国辞职的往事，但他不想刺激徐卫东。说实话，几个亿，以前想也不敢想，可现在似乎就在眼前，这对王楚来说，也同样充满了诱惑。他想起在部队时看的国安教育片，里面讲总参一位高官被收买成了对岸的间谍。他当时很不理解，如此位高权重的人，名利地位全有了，为何还要变节呢？一位首长对他说：没有人不受诱惑，关键是这诱惑有多大。

王楚狠吸一口烟，继续沉默着。他又想起自己小时候看的《战国故事》，楚国人伍子胥为报家仇想借吴国的兵马灭楚，他的好朋友申包胥劝他三思而后行，伍子胥伤感地说：我就像一个赶路的旅人，夜已经深了，路边只有一家客栈，我还有别的选择吗？

"是啊，我还有别的选择吗？"王楚默默地吸完了一支烟，想了许久，终于下定了决心。他一字一句地对徐卫东和秦涛说："我同意为这个项目投资二百万，我也同意管工地，但其余资金的事我不管，项目赚了钱你们只要按比例给我分红就行了。"

徐卫东一拍大腿："没问题！"

秦涛拍拍王楚的肩，什么也没说。

炎热的夏天到了。

2008 年 7 月一过，国家开始出台一系列宽松的房地产政策，在政策的刺激下，房价又如脱缰的野马，向前狂奔起来。

借着房地产业大发展的东风，徐卫东在"南屋置业"的名下成立了"南屋房地产开发公司"，公司开发的第一个项目就是续建亚太财富中心。

国庆一过，徐卫东和秦涛开始用虚假个人住房按揭贷款进行融资，他们找来一批社会人员，假冒购房人与南屋房地产开发公司签订虚假购房协议，并提供虚假证明文件与 J 行南宁分行所属的青秀、兴宁、西乡塘等五家支行共签订了虚假《个人住房贷款借款合同》二百五十五份，从银行获得总额一亿八千万元的按揭贷款。

由于秦涛从内部使力，银行方面根本没有核查南屋公司提供的项目资料，很顺利地就给他们放款了。

贷款到账后，秦涛在第一时间提走了两千万现金，说是按照"行规"，要给银行的有关人员进贡手续费，然后，就再也没有和徐卫东、王楚联系。

两周后，秦涛登上了飞往加拿大的班机。他的老婆和小孩两年前已经移民加拿大，他这次是去探亲的，不过，秦涛心里清楚，自己这一去，就再也不会回来了。

"逃开了你，我躲在三万英尺的云底……"

机舱里放着迪克牛仔的一曲情歌，可秦涛愣是听出了悲歌的感觉。他知道，自己这次是利用了徐卫东和王楚的急功近利，如此骗贷，是很容易被监管部门发现的，这样一来，会把徐卫东和王楚推向万劫不复的境地！不过，他转念一想，老婆孩子在加拿大过得很辛苦，急盼他过去团聚，有了这两千万，可以保证他们一家三口在遥远的北美安逸地生活。唉，两位老同学，对不住了！祝你们好运吧！

"后悔原来是这么痛苦的，会变成稀薄的空气，会压得你喘不过气……"

迪克牛仔的倾诉还在继续，秦涛疲惫地闭上双眼，落下泪来。

不过，此时此刻，徐卫东和王楚也根本顾不上秦涛，巨大的财富一夜之间就彻底改变了他俩的生活。

徐卫东感觉一个崭新的自己诞生了。他想起自己十年前从泰国败走麦城的往事，这十年来，有多少人在背后看他的笑话啊！世事从来如此，"成王败寇"！你倒霉的时候，没有人会真正同情你，反而会成为别人饭桌上的谈资。徐卫东想，"富贵不还乡，如锦衣夜行"，自己这次算是彻底扬眉吐气了，他要好好威风一下，让那些笑话过他的人看看！

徐卫东把工程的事全权交给王楚，开始了自己新的人生。

手头上突然有了近两个亿的资金，徐卫东突然间像气球一样被吹得膨胀起来，仿佛忘记这些钱是需要偿还的。他决定先把自己包装成一个超级富豪，再获取更多的资金，像滚雪球一样把自己的事业做大。

徐卫东每次出手都是大手笔。他首先买下了位于金象广场的地皇国际商会中心的两层楼面用作办公楼，包括装修共计花费两千多万元。除此之外，徐卫东还在仙葫开发区购买了三栋别墅，又花去将近一千万。

徐卫东的感情生活也丰富多彩起来。"独一味"知性风情的女老板岑青青已正式成为他的社交女友，正在用他给的五百万元打造一个高档餐厅"岑府家宴"，这也是他将来的"社交基地"。当然，除了青青，徐卫东身边还有好几个年轻漂亮的"小蜜"。

为了显示自己昂贵的身价，徐卫东更是常年租住酒店的商务套房，并在此招待各界名流，给人一种财富不可限量的感觉。

不仅在吃喝上一掷千金，徐卫东还购买了一辆新款宝马7系列轿车，一辆英国路虎越野车代步。

徐卫东在挥金如土的同时，更喜欢博取虚名。他以做慈善的名义，先后向有关慈善机构捐款三百多万元。为了表彰他的善行，据说城区已将他列为"福利保障"类的下届政协委员候选人。

富豪、慈善家、政协委员，种种虚名已经让徐卫东无法看清自己了。徐卫东的挥金如土，让外界真以为他家财万贯，而他自己似乎也陶醉在这些光环之中。

王楚同样忙得不可开交。

与徐卫东不同，王楚觉得这突如其来的财富太不真实，而且他深知其中隐藏的令人厌恶的肮脏。他想凭自己的努力，在最短的时间内将这些钱"漂白"，然后与徐卫东、秦涛分道扬镳，去过一种心情平静的生活。

王楚拿着徐卫东给的第一期两千万工程款，迅速组织起了工程复工。看着大楼一层层地砌上去，王楚就像看到自己的儿子在一天天长高，他心里暗念：阿弥陀佛，只要顺利拿到预售证，就安全着陆了！但不知为什么，王楚心里总是不踏实，他总觉得一场巨大的灾难就要临近。

　　王楚在工地为自己布置了一间办公室，有时就常常睡在办公室里。一天夜里，王楚做了一个梦，他梦见亚太财富中心终于竣工了，金碧辉煌，气派非凡，他高兴极了，正要走过去，却发现大厦被一片缭绕的云雾包围，怎么也无法靠近，他忽然觉得此情此景酷似自己几年前做过的一个梦，然后他吓出一身冷汗，醒了。王楚翻身下床，走到窗边，午夜的工地寂寥安宁，与白天的嘈杂喧嚣形成鲜明的对比。自己刚才在梦境中想起以前的梦境，他困惑地想：这是不是梦的二度空间呢？这个充满玄机的梦又预示着什么呢？

尾　声

　　王楚的预感没有错，仅仅半年，大楼还没建到十层，亚太财富中心还只是空中楼阁，徐卫东和秦涛精心编织的资金链开始断裂。

　　第一个断裂点出现在"南屋置业"中介公司。

　　2009年春节刚过，电视台和晚报相继曝光了"南屋置业"

中介公司涉嫌合同诈骗的新闻。业主们在媒体上血泪控诉，自己多年辛苦积攒的购房款被无良中介席卷一空。

王楚开始还不知道，弟弟打电话给他，他才专门找来报纸一看，顿时如五雷轰顶。

报纸上详细披露了"南屋置业"骗取客户房款的做法和手段，并说，南宁警方已对该案件立案侦查，据了解，受害人已达几百名，涉案金额超过二千万元。

王楚连忙拨打徐卫东的手机，谁知手机已关机。王楚跑回地皇大厦的公司总部，一个月没来，这里已人去楼空，他又跑遍了市区内的几个门店，无一例外地关门大吉。

王楚回到工地，不知如何是好，只好强作镇定，继续安排工人施工。他想，警方找不到徐卫东，就会到工地上来找他的。

王楚没想到，他却先等来了检察院反贪局的办案人员。

原来，2008 年年底的时候，自治区审计厅在审计 J 行南宁分行核销两亿多元的呆坏账贷款时，发现其中大量资金都与南屋房地产开发公司有关。经过进一步调查，很快从中发现南屋房地产开发公司办理虚假个人按揭贷款共二百五十五笔，金额为一亿八千万元，而这一切，都与信贷处的副处长秦涛有关。可是秦涛早于一个月前申请去加拿大探望已经移民的老婆和女儿了，根本无法联系。春节过后，在审计部门的建议下，银行方面只好向检察院反贪局报了案。

面对检察官的讯问，王楚脑海里一片空白，他已经哑口无言了。检察官只好把他带回去协助调查。

与此同时，"南屋置业"中介公司涉嫌合同诈骗的案件在社会上继续发酵，受害群众纷纷到有关部门上访，事件的发展甚至惊动了中央。据说高层指示：一定要彻查此案，妥善处理，以免影响社会稳定。

很快，警方也找到了王楚，由于他是"南屋置业"唯一被抓获的股东，按照高层"优先侦办'南屋置业'"案件的指示精神，检察院将他移交给警方处理。

王楚在看守所里一夜白头，整日以泪洗面。要不是想到老父、娇妻和小儿，他死的心都有了。对于警方的侦察讯问，他倒是很配合，将知道的情况逐一说明，警方也没太难为他。

一个月后，案情基本查清，弟弟来看守所探视王楚，兄弟俩相看泪眼，无语凝噎。

王楚想起当年"下海"时弟弟跟自己说过的话，长叹一声："早知如此，悔不当初啊！"

毕竟是亲兄弟，弟弟倒没有露出一丝"早有预见"的得意，而是开导他说："现在这个社会就是这样，笑贫不笑娼，政府要'加快发展'，个人想'一夜暴富'，你在部队这个'保险箱'里待了二十年，哪受得了这些诱惑呢？"

听了弟弟的话，王楚心里竟难得地轻松了一些。

临走，弟弟告诉他三件事：

一是"南屋置业"涉嫌诈骗的事情一经媒体披露，徐卫东就连夜潜逃了，他先后逃至广州、长沙、武汉等地。潜逃中，他不敢住宾馆饭店，大都在一些休闲保健桑拿场所过夜。上个星期，潜逃至上海的徐卫东被南宁警方抓获归案。秦涛目前也已被中国警方在网上通缉。

二是政府将亚太财富中心拍卖给了自治区某厅局做办公楼，所得款项将首先用于偿还"南屋置业"被骗的客户。由于徐卫东已归案，王楚又没有参与挥霍赃款，估计量刑不会太重。

三是爸爸还不知道他的事，只知道他出国了。老婆和儿子都好，让他放心，他们会等他回家。

当天晚上，王楚入监以来第一次早早入眠。睡梦中，王楚又看到了那座虚无缥缈的空中楼阁，他马上意识到，自己一定是在梦中，他想要醒过来，试着努力睁开双眼，却发现那座巨大的建筑正以泰山压顶之势向他袭来，他大叫一声，终于彻底惊醒了。

如水的月光透过高高的铁窗洒进小小的监舍，王楚枯坐良久，他想，这是怎么回事呢？难道，我的梦都做到第三层了？

散文·随笔

PROSE
ESSAY

回沪记

终于拿到了上海户口。

从父亲 1960 年独自一人将户口从复旦大学迁离上海，到今年我一家三口落户上海交大，刚好一个甲子。抚今追昔，有些话如鲠在喉，不吐不快，志之以为留念吧。

我们家祖上源于湖北汉口，在长江上"跑帆"为生。我的祖父顺江而下定居上海，从此设籍于此，按传统与旧例，我的籍贯都是该填上海的。

1937 年 7 月 1 日，父亲出生于上海华界。"八·一三"淞沪事变，奶奶抱着月余的父亲逃入法租界避战，自此，父亲从小在所谓上海中的"上海"长大，可谓"真正的上海人"。上海光复后，爷爷用几根"大黄鱼"（金条）顶下了今复兴中路 1295 弄桃源村的房子，从此开启了父亲一家上海岁月的"黄金时代"。彼时的祖父，供职于美资德士古石油公司，操一口洋泾浜英语，先后任霞飞路加油站、龙华机场加油站站长。父亲小时候既肥硕且白皙，小小年纪，身穿背带裤，梳着小分头，成为桃源村附近有名的"小开"。

1955 年，父亲从敬业中学毕业，考入复旦大学新闻系首届五年制本科就读，师从王中、金冲及诸先生。彼时的复旦新闻系，极受上下各方重视，同学中多的是地下党员、抗美援朝复转军人和各省学生党员，父亲等几个上海本地高中生平时生活西化，自由散漫，颇为先进同学所侧目。反"右"期间，父亲几个"上海小囡"旷了班主任金先生一堂自习课去人民广场看印度电影《流浪者》，回来后皆被批斗，为首的姚同学被打成"右"派，旋即遭到逮捕，从此深陷囹圄二十年。父亲被定为"右倾"，两年后毕业一纸派遣书分配到广西南宁。可怜父亲在上海土生土长，实习都在解放日报，去过最远的地方就是浙江杭州，一下就要远赴两千五百公里之外的南疆边陲之地工作生活，这对他身心的冲击可想而知。

20 世纪 60 年代的南宁，与上海相比，物质与精神生活的差距都是巨大的。然而父亲面临的下马威还远不止此。父亲的工作单位是广西日报社，由于是"右倾"学生，又正值三年困难时期，父亲没能立即上班，而是被安排到报社农场劳动锻炼，致使定级都比别人晚了一年。生活上的磨难接踵而至。父亲先是因为饥饿而浮肿，继而在腹泻时不习惯蹲厕，久蹲之后站起晕倒，将上颌门牙尽数摔掉，不但从此与假牙为伴，更是种下了晚年离世的祸根！

平静的生活只过了五六年，更大的风暴已然来临。"文化大革命"期间，广西两派武斗。生死关头，父亲当机立断决定回上海，三天后，终于从衡阳转车返抵沪上家中。三个月后，广西日报实行军管，大局甫定，报社军管小组派人来沪将父亲押回广西。父亲回到广西后即遭下放至桂北兴安县五里峡水库劳动改造。父亲当时的愤懑之情难以言表，后来他酒后笑谈，当时他暗自发誓"以后就是撒尿，也不会对着报社的方向"！

艰难的日子在流淌的岁月中渐渐显露出温情的一面。1970年，父亲与认识多年的母亲在桂林结婚。1971年冬，母亲怀着我的兄长即将生产，父亲仍属在押人员，无法前往照顾，母亲遂决定回上海。父亲要求去桂林北站送母亲，怎料军管小组不同意，父亲威胁说要逃跑，军管小组无奈之下只好派了两个人武装押送父亲到桂林北站为母亲送行。1972年元旦刚过，我的兄长在上海中国福利会国际和平妇幼保健院出生。"九一三"事件后，父亲的处境大大改善，不但获得了人身自由，还担任了水库的采购员。

1973年，母亲的母校广西师范学院（今广西师范大学）中文系恢复招收工农兵学员，急需写作课老师。中文系领导辗转得知我父亲是"文化大革命"前的复旦大学毕业生，爱才之心顿起，父亲得以从水库采购员一举调入高校成为大学教师。虽然从"反革命"变成了"臭老九"，毕竟已属于人民内部矛盾，父母在桂林开始了新的生活。1974年8月，我在"山水甲天下"的桂林出生，1977年春节，我们全家从上海接回了我的兄长，一家四口终于在桂林团聚了。1977年的上海之行是我第一次回老家，时至今日，许多人和事要凭相片来追忆。以后的日子里，我大概保持着四年一次的回沪省亲频率。小时候，上海予我的记忆是物质的极大丰富，我也深刻地感受到了在上海作为"乡下人"的自卑和在广西作为"上海人"的自豪。

1984年，广西处理"文化大革命"遗留问题，父亲的命运又一次面临重大抉择，只是这一次，他再不能"当机立断""说走就走"，因为，在他的身后，还有我们母子三人。当时的选择有三：一是回南宁，广西日报社许诺解决父母所有工作和家庭问题；二是去武汉，华中工学院（今华中科技大学）新办新闻系，要父亲前去任教，人事处长亲自到桂林与父亲面谈；三是留桂林，广西师院要创办出版社（今广西师大出版社），校党委书记许诺由父亲出任第一任社长。据父亲自己说复旦大学新闻系也与他接洽回沪任教，但明确表示家庭问题无法解决。父亲最终"食了言"，选择回广西日报社。后来我曾问过父亲原因，他淡淡地说一是热爱新闻业务工作，二是母亲的亲戚大多在南宁。从此，父母一直在报社工作直至退休，并于前几年先后去世。小时候，父母在哪，家就在哪。随着父母的播迁，我在桂林出生，南宁长大，时至今日，我说得最好的方言就是桂林"官话"和南宁"白话"，上海"闲话"只是会听，间或可以一句一句慢慢地往外蹦。

我1996年毕业于武汉大学，之后子承父业，在广西电视台从事新闻工作将近十六年，所幸略有所成。2007年，我有一次调到新华社上海分社工作的机会，但当时我正值事业高峰，便轻易放弃了。2011年，父亲患病住院，我的事业遭遇重挫，黯然离开新闻一线，退至高校任教。2013年底，父亲去世，我已"前无古人"，好在"后有来者"，便开始认真思考自己小家今后的归宿问题。我到高校虽是无奈之举，不期竟然打开了回沪的大门——历经六年，辗转三省区市，承蒙领导和同事抬爱，我于2019年调入上海交大工作，一年后正式落户。拿到户口本那天，公安小妹专门提醒我："你的出生地是桂林，籍贯是上海，没有填错吧？"我回答她："没有错，六十年前，我的父亲是从上海迁走的。"

行文至此，意犹未尽，心潮难平，竟至哽咽。闭上双眼，我仿佛看见亲爱的爸爸妈妈在向我微笑。

离开武大的日子

时光流逝，若白驹之过隙。

弹指一挥间，我毕业离开母校武汉大学走上工作岗位已经整整十六个年头了。十六年中，武大发生了翻天覆地的变化，她同武汉测绘科技大学、武汉水利电力大学、湖北医科大学组成了新武大，成为国内屈指可数、涵盖文法理工农医各主要学科的一流综合性大学，是国家"985 工程"和"211 工程"重点建设的高校。

正所谓"江城多山，珞珈独秀；山上有黉，武汉大学"。

母校的发展令人欣喜雀跃。十六年来，虽然地处祖国南疆，但我的心却一直与母校紧紧相连。在离开武大的日子里，是武大的校训，激励着我不断克服工作和生活中的艰难险阻，披荆斩棘，一路前行。

我是 1992 年 9 月从广西南宁二中考入武汉大学法学院的。在武大读书的四年时间，是我人生中最重要的一段时光。这四年里，我从一个懵懂冲动、不知天高地厚的顽皮少年日渐走向成熟。母校不仅给予了我知识，更教会了我用心去思考人生，树立起正确的人生观，让我开始对人生有了更深刻的理解与感悟。母校既像一面明亮的镜子，用她洞察一切的目光审视我的洁白无瑕或是满身污垢，又像浩瀚无边的大海，用她宽广深沉的胸怀包容我的天真顽劣或是好胜逞强……

母校的精神博大精深，她严谨的学纪、优良的学风和先进的教育理念，给了我克服困难、战胜困难的勇气。工作十六年来，母校精神一直如影随形，每当我遇到困难与挫折时，是母校精神给予了我无限的勇气和强有力的支撑，激励我不断成长。

在我看来，对母校精神最好的诠释就是武大校训：自强、弘毅、求是、拓新。

武大校训之一"自强"，语出《周易》"天行健，君子以自强不息"。意为自尊自重，不断自力图强，奋发向上。自强是中华民族的传统美德，成就事业当以此为训。武大最早前身为"自强学堂"，其名也取此意。

武大校训之二"弘毅"，出自《论语》"士不可以不弘毅，任重而道远"一语。意谓抱负远大，坚强刚毅。

以"自强""弘毅"作为训词，既概括了上述含义，又体现了母校武汉大学的历史纵深与校风延续。

说句实话，在武大读书时，我属于"60分万岁"类型的学生，毕业后，又改行从事电视新闻工作，大有"黑发不知勤学早，白首方悔读书迟"的感觉。怎么办？是随波逐流、得过且过，还是努力向上、勇争一流？母校"自强、弘毅"的校训使我不敢轻言放弃，工作十六年，我努力学，拼命干，取得了对得起母校的工作业绩。

在广西电视台，我历任新闻部记者、社教部编导、责任编辑、新闻中心制片人、公共频道副总监，还曾借调到自治区党委宣传部任新闻协调小组副组长一年。2007年，我一个人担任广西卫视《焦点报道》《焦点调查》《聚焦泛北部湾》三个栏目的制片人，在广西台的历史上也是少有的。在工作中，我自觉地以党的新闻路线、方针和政策指导自己的新闻工作实践，以自治区党委对宣传工作的要求为工作指南，所管理的《焦点报道》《焦点调查》两个舆论监督栏目没有出现过一次涉诉涉讼案件，在依法依规进行舆论监督的同时，有力地配合了党委、政府的中心工作。《聚焦泛北部湾》栏目是一个政策性很强的栏目，既要凸显国家"富边睦邻"的外交政策，又要宣传自治区党委"泛北部湾合作"的发展战略，我很好地把握了新闻宣传的尺度，制作播出的节目得到了自治区主要领导的肯定。我作为主要策划人，独立承担、组织指挥完成中国—东盟博览会、泛北部湾经济合作论坛、"两会一节"等全区性重大战役性报道（节目）十多次，多次获得自治区和局、台领导的表彰和奖励。

2008年，我借调到自治区党委宣传部任新闻协调小组副组长，主要负责编写《新闻阅评》和协助新闻出版处领导协调各新闻单位新闻宣传事宜。其间，我又负责自治区50周年大庆的宣传工作。2009年、2010年，我担任广西电视台公共频道副总监，协助总监分管节目工作。面对繁重的工作，我都较为出色地完成了任务。

2010年，我调到广西大学从事教学科研工作，任新闻传播学院教授、高级记者、硕士生导师。在新的工作岗位上，我努力教书育人，还承担了多项国家级和自治区级科研项目。

由于工作出色，从业十六年来，我先后获得全国宣传文化系统"四个一批"人才、享受国务院政府特殊津贴专家、国家广电总局先进工作者、广西广电系统优秀共产党员、广西电视台先进工作者等荣誉称号，相关事迹还被载入《广西大百科全书》。

武大校训之三"求是"，语出《汉书》"修学好古，实事求是"，意即博学求知，努力探索规律，追求真理。

武大校训之四"拓新"，"新"字义出《大学》"苟日新，日日新，又日新"，"拓"字意为"扩大、开辟"，"拓新"则意为开拓、创新，不断进取。

我理解，"求是"就是实事求是。"是"即是真，古人说"真者，精诚之至也，不精不诚，不能动人"。"求是"既是做学问的根本，也是做人的根本。在如今躁动浮华的现实社会里，能保持着做学问的严谨、求实与做人的诚信、纯真是多么难能可贵。而"拓新"就是不能墨守成规，要不断探索、不断进步。

在我离开母校的十六年里，正是"求是""拓新"这四个字鞭策着我在新闻业务与学术的道路上一路追求前行。

从事新闻工作以来，我创作的电视新闻专题片多次获得中国新闻奖一、二、三等奖——作为第一作者采写的《南丹 7.17 事故初探》曾获得第十二届中国新闻奖一等奖；担任主要编辑的电视新闻专题《谁在造假》获第十七届中国新闻奖一等奖；担任撰稿和主要作者的《生死诺言还是美丽谎言》获2007年至2008年度中国广播影视大奖；作为主要电视记者之一的集体创作作品"中国—东盟合作之旅"系列报道，获第十八届中国新闻奖电视系列报道（连续报道）类唯一的一等奖；作为撰稿采写的作品获得过第十六届中国新闻奖二等奖；作为编辑，还获得过第十五届中国新闻奖二等奖，以及一批其他的国家级、省级新闻奖一、二等奖。

我还对电视政论专题片有着执着的探索，先后独立撰写了《起跳——广西的发展新战略》《蔚蓝色的梦想——呼唤崛起的北部湾（广西）经济区》《北部湾的开放开发与中国的东盟战略》等政论专题片的解说词，得到了各级领导肯定，其中一篇还入选过自治区党校中青班的教材。

通过多年的学习实践，我具备了较为系统、扎实的新闻理论和专业知识，特别是对电视专题节目的制作有较深研究，独立撰写和出版了理论专著《电视专题全攻略》（广西人民出版社出版）。在广播电视新闻学领域，我还在国家核心期刊和省部级报刊上发表各类论文近二十篇。

在对外传播领域，我独立完成了二十万字的《向东盟传播中国——公共外交视野下的中国（广西）—东盟新闻交流》一书的写作，该书为广西大学"211工程"重点学科"中国—东盟经贸合作与发展研究"的部分成果，已作为"中国—东盟研究文库"

的书目之一由中央级权威社科类出版社人民日报出版社出版发行。《向东盟传播中国——公共外交视野下的中国（广西）—东盟新闻交流》以公共外交的理论来诠释广西与东盟国家的新闻交流，将媒体的对外传播上升到国家公共外交的高度，通过广西媒体对东盟的传播实践总结出公共外交视野下媒体对外传播的一般规律，反过来又进一步指导媒体的对外传播实践，理论上处于自治区内领先的水平。我还作为第三作者完成了六十万字的《中国—东盟合作之旅广播电视联合采访纪实》一书。

在中国新闻史研究方面，我与有关专家共同完成了六万字的《救亡日报大事记》，编辑出版了二十万字的《广西抗战文化史料汇编·文艺期刊卷》。

在完成学校教学科研工作之余，我还注重产学研结合，承担了国家和自治区有关部门的多项重点科研项目和横向课题。

由于成果突出，业绩优秀，我入选"广西社会科学优秀专家"名录，以我名字命名的二十万字的《广西社会科学优秀专家文集——万忆集》已完成资料的搜集整理工作，于 2012 年年底出版。

新闻与文学有着密切的联系，良好的文字功夫是优秀新闻工作者不可或缺的能力。我爱好文学，坚持业余进行文学创作，分别在《广西文学》2011 年第 4 期、《广西文学》2012 年第 3 期发表了两篇中篇小说。我还与人合著了二十万字的《成功——〈成功讲坛〉名人访谈录》，2011 年 11 月由广西人民出版社出版。

转眼间，我毕业十六年了，四个四年又匆匆过去。这十六年里，套句流行歌词，正所谓"路过的人早已忘记，经过的事已随风而去"……唯有四年大学生活，唯有母校、唯有武大老师给我的教益，已经融入我的血液，融入我的精神，随我走遍天涯海角。古人云："师者，所以传道授业解惑也。"母校为我授业、解惑，而且把严谨、进取、做学问、做人的道理，言传身教，传授给我。回首往事，我深刻地认识到，"自强、弘毅、求是、拓新"，这是母校留给我的一笔取之不尽、用之不竭的精神财富。

2012 年 6 月，我应母校校友会之邀在南宁接受了母校学生暑期赴广西考察团几位"90 后"学弟学妹的访问，看着他们一双双纯真的眼睛，我感触良多。我给他们讲我在母校读书的日子，讲我对母校的感激之情，讲母校精神所赐予我的无穷精神财富。我非常怀念在母校学习生活的四年时光，这段火一般滚烫，诗一样美好的青葱岁月对我弥足珍贵，令我终生难忘。

珞珈山高，东湖水阔，怎堪比我与母校的情长！

行将搁笔之时，只言片语实在难以完全表达我对母校无比的感激与景仰之情。母校精神将永存我心，它将激励我在今后的人生与工作中更加努力拼搏，为我们的国家与社会创造出更大的价值，奉献更多的力量！

雄关漫道真如铁，而今迈步从头越。迄今为止，母校已走过一百一十九年的风雨历程。百余年的风雨，百余年的沧桑，这百余年的磨砺铸就了母校今日无比的辉煌。在母校一百二十周

年华诞之际，我衷心祝愿我的母校，我亲爱的武汉大学，可以
更加豪迈地迈向更为美好的未来！

文化传播，从心开始的旅程

不经意间，似乎缺乏"新闻期待"的 2013 年悄然而至。

中央气象台发布天气预告：全国大部分地区气温较常年偏低。在这个清冷的元月，《文化与传播》波澜不惊地度过了它的一周岁生日。

新的一年，《文化与传播》在告别了初生的阵痛之后，迎来的将是蹒跚学步、迈向成长的旅程。这一路将是文化传播的跋涉之旅，也是该刊所有编者与作者试图重新——准确地说是从心——开始的探索之旅。

这旅程因何而始，又将去往何方？

文化的概念博大精深。抛开特指的"社会意识形态"不论，简而言之，文化就是人类所创造的物质财富和精神财富的总和。

人类是文化的动物，也是传播的动物。美国人施拉姆（Wilbur Schramm）说："我们的传播行为证明我们完全是人。"英国人霍克斯（Terence Hawkes）则认为："人在世界上的作用，最重要的是交流。"

　　现代社会资讯充盈，人们对生活的理解和诠释，对文化的实践和创造，无不与传播紧密相连。因此，从这个意义上说，文化传播确乎是"当代人类的主要生存方式和生存空间"。

　　在"逝者如斯夫"的漫长岁月中，文化传播总是如影随形地介入人类生活的方方面面，成为人际，以及民族、国家之间须臾不可或缺的交往活动。

　　《文化与传播》，探寻的是文化传播的本质特征和功能，研究的是文化传播的表现形态和跨文化传播的现实境况，讨论的是媒介与人、媒介与社会、媒介与人类文明之间的关系等等。

　　而这探寻、研究和讨论的目的，自然是希望对中国目前文化传播领域的实践，有一点点，哪怕是小小的理论助益。

　　地处北半球中高纬度的中国，每年的一二月，是一年中最为寒冷的日子。然而，在文化与传播领域，却显现出春天将至的气息：

　　电影《十二生肖》首夺周冠累积票房 7 亿元，《泰囧》冲向 12 亿元。2013 年第一周，贺岁热潮在元旦假期没有退烧，周票房连续四周在五亿以上。《泰囧》和《十二生肖》双雄继续带领国产电影创造奇迹，2012 年的四部最卖座电影中国产片占据三席。《泰囧》在元旦当天跨过十亿元大关，首部国产十亿元电影就此诞生。

　　新华网将成第二家上市"官媒"网站。继人民网之后，中国 A 股市场即将迎来第二家国有新闻传媒类网站。目前，新华网 IPO 申请已经获得证监会受理，拟上市地为上海证券交易所，保荐机构为中国国际金融有限公司。公开信息显示，新华网成立于 1997 年，系中国官方通讯社新华社主办。

中国玩具企业由产品制造迈向文化创意。《喜羊羊与灰太狼》动漫系列片风靡全国，动漫形象衍生出的书籍、服饰、玩具等产品成为紧俏的商品。这种由文化创意带动实体制造的商业模式，成为众多中国玩具企业未来的突破方向。

……

当然，春的讯息远不止这些。摘录这些新闻，无非是想给我们和你们——《文化与传播》的编读双方，增添一丝冬日的暖意和远行的勇气。

因为，文化传播，从心开始的旅程，我们将一路同行。

传媒的春天，文化的春天

三月，一个春意萌动的季节。

对国人来说，每年的三月又因全国两会的召开而被赋予了严肃的政治含义：三月的话题是那样恢宏，三月的使命是那样庄严。

在今年同样"恢宏庄严"的两会上，国家新闻出版广电总局的"横空出世"无疑是文化传播领域的"大事件"。

2013 年 3 月 10 日，中国第十二届全国人大一次会议第三次全体会议公布，新闻出版总署和广播电影电视总局整合为国家新闻出版广播电影电视总局，并改名为国家新闻出版广电总局。

近年来，因传媒产业迅速发展，许多跨媒体项目或企业纷纷涌现，新闻出版总署与广电总局的职能重叠，使得管理上出现瑕疵，整合后的组织结构有利于管理整合与效率提升，并综合新闻出版与广播电影电视等多方面的文化资源，健全市场体系与行业发展，减低文化传媒产业的整合阻力，让具有优势的传媒集团具有扩大发展的空间。

"国家新闻出版广电总局"，有些冗长的名字遭到一些业内人士的诟病。大家戏言：何必如此麻烦，直接叫"国家传媒总局"不就得了？的确，从行政职能来说，"国家新闻出版广电总局"几乎统管了时下所有的大众传媒，那为何不叫"传媒总局"呢？一种说法是关系到现行的宣传管理体制，这个暂且不表。另一种说法是：待文化部彻底完成文艺院团改制的历史使命后，"国家新闻出版广电总局"将并入新成立的大文化部。

这种说法也许更接近业界的愿望和事实，因为，无论从广义还是从狭义的角度来看，传媒都属于文化的一部分。文化具有"溢出"的特性。文化是传播的文化，传播是文化的传播，只有被传播的文化才能称为有生命的文化。文化的传播需要一定的载体，在现代社会，大众传媒是文化传播最重要、最高效的载体。

印刷媒体是大众传媒的始祖。经过长达几个世纪的发展，印刷媒体已经渗透到人们生活的各个层面。书籍、报纸、杂志等出版物作为人们每天获得信息、知识、娱乐的基本渠道之一，对社会生活产生了巨大的影响，对文化的传播起到了重大的作用。

以广播和电视为主体的电子媒体，彻底突破了时空的限制，为文化传播开辟了一条便捷高效的空中通道。卫星通信技术以及卫星广播、卫星电视的发展和普及，使大面积的跨文化传播和国际传播成为可能。更重要的是，电子媒体具有声影并茂的传播特性，使文化传播的信息更为丰富，感觉更为直观，内容更为可信。它使文化传播的质量和效率都获得了空前的提升。

网络媒体的出现是人类文化传播史上的一次空前革命。如果说印刷媒体和广电媒体在内容和渠道两方面都促进了文化的传播，那么，网络媒体主要是在渠道方面极大地改变了文化传播和交流的方式，也改变了文化自身存在的形态。毫不夸张地说，网络媒体对文化传播的影响已经超出了狭义文化的范畴，它对整个人类社会的影响都是全面而又深刻的。

"国家新闻出版广电总局"的诞生，无疑对我国新旧媒体的整合与发展和全媒体的打造有着十分重要的意义，进而也会对我国文化事业和文化产业的大发展大繁荣产生不可估量的深远影响。

传媒的春天来了，文化传播的春天也就来了。

那一场跨文化的盛宴

6月23日晚，流光溢彩的上海文化广场。

随着金爵奖奖项的一一揭晓，为期九天的第十六届上海国际电影节圆满落下帷幕。短短九天，是光影的全球派对，影迷的饕餮大餐，更是一场跨文化传播的华丽盛宴！

一条来自上海电影节的讯息令人兴奋——2012年，中国电影总票房为二十七亿美元（一百七十亿人民币），超过日本，在世界排名第二。博纳老总于冬等业内人士预测，未来五年，中国的电影票房有望和美国持平。

另一条同样来自上海电影节的讯息却令人沮丧——2012年美国电影产业规模是九百亿美元，而中国的电影产业规模仅三十四亿美元，前者是后者的二十六倍。中国电影产业结构以国内票房收入为主，占81%份额，而美国本土票房对产业的贡献只有12%，其他进账主要是海外收入（53%）、电视授权（8%）、付费电视（5%）、PPV/VOD点播（10%）和DVD（12%）。

显然，美国电影的海外影响力远大于中国电影。不谈其中的经济价值，美国电影通过讲述美国故事，潜移默化地传播美国文化，向中国大肆输出美国的价值观，才是令我辈文化传播的业者和学者汗颜的。

本届上海国际电影节金爵奖评委会主席汤姆·霍伯坦言，华语电影想要在全球获得成功，坚持拍好中国的故事才是重中之重。

中国故事，国际传播，这是中国媒体跨文化传播的题中应有之义。

当今世界，"传媒的世界化"和"世界的传媒化"现象日益显著。一个国家的传媒无法拥有影响世界的能力，这个国家的民族文化就不可能向世界传播。

有些人可能要问：我们为什么要搞跨文化传播？守着自身传统文化的一亩三分地不行吗？殊不知，传播技术进步导致的文化全球化早已突破了所谓民族文化的边防，深刻改变了当今世界的文化版图。文化传播溢出民族国家的疆界，充塞于全球性的时空之中。少数文化传播大国和多数文化传播弱国之间的控制与反控制、支配与被支配的不平等现象愈演愈烈。

如此这般的后果是：国家的软实力无法得到发挥；国家形象任由别国描绘；国家利益的实现完全无法保证。

传播就是力量。在"全球传播"和"传播全球"的时代，中国的文化传媒必须具有强烈的使命感和责任感，发挥人才、技术和资本的优势，全面提升自身的竞争实力，在跨文化传播方面"以弱胜强"或"由弱变强"。只有这样，我们的文化传媒才能在国际文化传播中争取主动，适时地将中国优秀的传统文化资源介绍给世界，从而改变跨文化传播中的"不对称"、不平等和"单向度"境况，为中华文明向世界的传播和国家软实力的展现打造坚实的平台。

上海国际电影节是一面镜子，在映衬出文化盛宴的繁华喧嚣之后，更让我们看到了自身跨文化传播的窘境。

今夜有缘，今夜无眠，今夜的上海，光影无限。

广播影视与文化传播

七月炎热如火，火的还有中国的广播影视产业。

由国家新闻出版广电总局发展研究中心编撰的《中国广播电影电视发展报告（2013）》于 7 月 4 日在京发布。

数据表明，2012 年全国广播和电视综合人口覆盖率分别为 97.51％ 和 98.20％；全国共生产制作广播节目 718.82 万小时，电视节目 343.63 万小时；生产制作完成并获得发行许可证的电视剧总计 506 部 17703 集，制作完成的国产电视动画 395 部、22.29 万分钟，纪录片产量达 3000 小时；全国电视节目和服务出口共约 4.95 亿美元⋯⋯

电影总产量达 893 部，中国作为世界第三大电影生产国的地位稳固；40 条城市主流院线中，年度票房过亿元的有 25 条，占比 62.50％；广播影视内容创作生产由数量型向质量效益型发展，取得突出成绩⋯⋯

关注广播影视，是因为以广播影视为主体的电子媒介是文化传播的主力军。

媒介是人类文明的产物。翻开人类的文明史，就是一部媒介发展和变迁创造的文化传播史。文化传播经历了语言传播—文字传播—印刷传播—电子传播—网络传播依次递进和叠加的过程。

1844年，美国人摩尔斯发明了第一台实用电报机，并用它发出了世界上第一封电报，这一历史性的事件标志着人类的文化传播进入了电子时代。

1876年，贝尔发明了电话；

1877年，爱迪生发明了留声机；

1882年，法国人马瑞发明了摄影机；

……

先贤们胼手胝足的技术积累，终于造成了文化传播方式的厚积薄发——广播、电影、电视的相继出现，使人类文化传播的形式跃上了一个前所未有的台阶。以广播和电视为主体的电子媒体，彻底突破了时空的限制，为文化传播开辟了一条便捷高效的空中通道。卫星通信技术以及卫星广播、卫星电视的发展和普及，使大面积的跨文化传播和国际传播成为可能。更重要的是，电子媒体声影并茂的传播特性，使文化传播的信息更为丰富，感受更为直观，内容更为可信。它使文化传播的质量和效率都获得了空前的提升。

近年来，网络媒体的兴起使一些人认为：广播影视等传统电子媒体终将退出文化传播的历史舞台。

其实，介质平台的改变，只是传统媒介一个要素的改变，它并不是传统媒介的终结。广播电视媒体多年来形成的信息的采集方式、聚合方式，信息的把关和制作方式，使它在数字化平台之上，仍然具有顽强的生命力和价值。

更为重要的是，在跨文化传播方面，广播影视较传统的平面媒体和新兴的网络媒体有着自身不可替代的优势。与平面媒体相比，广播影视的传播范围和传播效果显然班行秀出；与网络媒体相较，广播影视在承载国家使命，开展战略传播方面当然更胜一筹。

可以说，在我辈可预见的将来，广播影视永远是文化传播的优质载体。

"政治家办报"的市场对策

久居沪上的人都知道，每年"十月革命"前后一周，是上海秋冬气候剧烈变化的时期。今年的这个季节，发生在申城的一场传媒变局，足以在今后相当长的一段时间内，影响到中国新闻媒介的集体生态。

2013年10月28日，文汇新民联合报业集团和解放日报报业集团正式合并，上海报业集团横空出世。至此，上海滩数十份知名报纸归属同一集团——其中，就包括前中共中央机关报《解放日报》、影响几代中国知识分子的《文汇报》和中国历史最悠久的晚报《新民晚报》。官方表述称，上海报业集团的目标是"成为一个多媒体和全媒体集团"。

一石激起千重浪。

相较于业界的小心谨慎，学界的反应似乎更为热烈。复旦大学、清华大学、中山大学等国内新闻传播研究领域的知名专家学者纷纷著文探讨，各执其管，各窥其豹，各见一斑。但对于上海报业集团成立的目的，大家的观点近乎一致——无非是"应对市场竞争""打造全媒体"云云。

笔者偏居"国境之南",很为一线城市一流大学之专家教授的真知灼见所折服,但其后学习十八届三中全会公报,结合近期中央对新闻宣传领域种种乱象的严管重罚,无端生出一些新的想法:上海报业集团的成立,可否看作社会主义市场经济条件下"政治家办报"理论的一种实践探索呢?

"政治家办报"是毛泽东同志在 1959 年 6 月对吴冷西同志谈话时明确提出的。政治家办报的新闻思想高度概括了党对新闻工作者的政治要求,精辟阐明了政治与新闻的关系,深刻揭示了新闻媒体与社会发展现实紧密相连的规律。

笔者理解,所谓"政治家办报",其要义在于"党管媒体"。党管媒体,是党在长期实践中形成的根本原则,是中国特色社会主义制度的重要方面,关系党的执政地位,关系事业的兴衰成败,任何时候都不能动摇。实现党管媒体,除了在思想上必须坚持马克思主义对新闻宣传工作的指导,在政治上必须同党中央保持一致这两个基本前提之外,就是在实际工作中必须确保党对新闻媒体的行政领导权。一言以蔽之,就是新闻媒体人、财、物等各项重大资源的配置必须由党的宣传管理部门实施有效管理和监控。

然而,当今中国,传媒的市场化已成大势所趋。传媒企业的各种重要资源由行政手段而不是市场机制进行配置,显然与党的十八届三中全会公报中"要充分发挥市场在资源配置中的决定性作用"的论断相违背。如此,势将影响中国传媒产业化的发展。但反过来说，资源完全交由市场配置，又恐将影响和削弱党对传媒的绝对领导。

怎么办？如何在不违背社会主义市场经济基本法则的前提下，更好地实现和强化"党管媒体"呢？

资本是市场经济中起决定性作用的因素。控股的资方对企业的人权、财权和事权具有最终的决定权。上海报业集团的合并，就是从资本层面统一了解放、文汇和新民三大报系的归属，形成"符合市场规律和报业实际的治理结构"。这样的治理结构，明确了上海市委市政府领导下的报业集团是下属三大报系的出资方，对其所有重大事项，拥有市场经济条件下理所当然的"话事权"。

如此一来，"党管媒体"，管人管事，还管钱，这对于我国市场经济条件下的新闻管理体制探索，意义是深远的。

读者诸君，以为然否？

想起了毛主席的教导

这两个月，新闻界最夯的话题是什么？

自然是南方某报的陈永洲事件。

据报道，南方某报记者陈永洲被长沙警方拘捕，其所属报社连续两天在头版呼吁"请放人""再请放人"，使舆论之火为之高涨。然而就在各方关注之时，陈永洲在接受央视采访时却承认曾受人指使发表不实报道并收受不法利益，顿时令舆论哗然。随后，该报在头版刊登道歉声明，承认新闻报道"把关不严"。

陈永洲其人已被批捕，法院自会给予公正的判决。但陈永洲事件对中国新闻界、中国媒体从业者所留下的影响乃至教训却是深刻的。

眼下正值毛泽东主席诞辰一百二十周年，此时此刻，笔者不禁想起了主席对新闻界的谆谆教导，冒着被"抛砖"的危险，愿在此与读者诸君重温。

主席实际上自己就是一个新闻人——从早期参加北大的新闻学研究会，到延安时期办《解放日报》，再到中华人民共和国成立后对新华社和人民日报耳提面命。主席常常亲自动手写消息、写评论，一支毛笔横扫一切反动派和害人虫！甚至包括麻雀、老鼠、苍蝇和蚊子……

多年的新闻实践，主席形成了自己的新闻思想，早有相关理论专家概括总结了四句话：新闻的根本规律是用事实说话；新闻的根本任务是服从和服务于党的中心任务；新闻的根本方法是实行群众路线和深入调查研究；新闻的根本特征是鲜明的党性和铁的纪律。

对照起来，在此次陈永洲事件中，无论是陈永洲本人还是其所属报社的各级领导，似乎都将主席的教诲抛诸脑后十万八千里了！

首先说说事件的主角儿——陈永洲。

虽有"打落水狗"之嫌，但笔者还是要说，陈永洲十几篇失实报道的出炉，明显违反新闻的根本规律，究其原因，无非有二：

一是不实践新闻"走转改"的群众路线，不做深入的调查研究，偏听偏信，想当然地下结论写文章，这是他的新闻业务素质不合格！

二是明知其中有诈，却因利益驱使而有意为之，拿公器谋私利，这已属于违法犯罪的范畴了，被绳之以法，该！

再来说说陈永洲供职的报社。

该报连发十八篇对一个企业的负面报道，世所罕见！这样的行为匪夷所思，已经很难用舆论监督这个正当的词汇来形容。

而且，中国媒体有着严格的审稿制度，一个小记者根本没有本事仅凭一己之力在媒体上呼风唤雨，唯一可能的就是受经济利益的驱动，采编上下守土"失"责，同流合污。这样的媒体完全忘记了自身的根本任务是什么。

再者说来，陈永洲被拘捕后，所属报社不赶快自查自纠，配合警方调查取证，反而连续两日在头版吁请"放人"，又将媒体鲜明的党性和铁的纪律置于何地？媒体是党的喉舌，社会的公器，公器私用是对党的政策和国家法律的野蛮践踏！一个媒体应该姓党姓公而不是姓王姓李，无论何种情况下，都不能因为自身的问题而对抗党纪与国法，这是媒体讲党性和讲法治的基本前提。

古希腊哲人说过：太阳底下没有新鲜事。

我闭上眼，仿佛看见主席皱了皱眉。

写在人生的"边缘"——解读田耳人物创作的密钥

1

作为当代中国文学"70后"颇具代表性的作家，田耳从灵山异水的凤凰到奇山秀水的广西，一路走来，其笔下的人物一直横生着湘西的"鬼气"（施占军语）与南方的"野气"（张燕玲言）。

谢有顺说："田耳笔下的小人物人生艰难悲苦，但他并没有动不动就批判社会，批判造成这个小人物悲惨人生的其他人和社会因素，他用一种非常复杂、宽容的眼光来讲述，让人物的生存变得更为宽广，不是那么狭窄了。"[1]论者彭明伟对田耳笔下的人物定位更加明晰，认为他们都是所谓"鲁蛇"（loser，失败

---

[1] 朱蓉婷.我们不先锋，我们只叙述人类生存境遇的某种真实 [N].南方都市报，2015-10-19.

者）。①

　　理性的研究者试图以"底层"这个概念诠释田耳作品人物的内涵。张柠认为田耳"就像从火锅店出来，满身都是底层生活的味道"，作品有"下水道的味道、农贸市场烂菜叶子的味道"②。聂茂也认为田耳作品聚焦的是社会底层人士，"深刻地反映了一群底层人物在社会转型时期的命运挣扎"③。王俊认为田耳对底层人物各种精神创痛的探索与关注为这类文学开辟了新的路向。④

　　的确，"底层"一词，抓住了田耳笔下人物某些精神和社会层面的特质。但是，"底层"并非一个严格意义上的学术概念，而且，坚持所谓"底层"书写的作家很多，不独田耳一个。更为重要的是，底层原指建筑物最下面一层，喻指社会、组织的最低阶层，这与田耳作品中大量存在的"警察"形象显然不符。

　　"小人物""失败者"和"底层"，这三个关键词其实已无限接近田耳人物塑造的本质特征，但却仍然失之学理上的准确性和概括性。那么，解读田耳人物创作的密钥究竟在哪儿？他到底写了什么，怎么写的，又为什么而写呢？为了回答这些问题，本文首先对田耳迄今为止主要作品中的代表性人物进行了大致梳理，如下表所示。

———————————

① 彭明伟. 当两个"鲁蛇"同在一起：田耳的欲望之翼 [J]. 南方文坛，2014(6)：63-65.

② 马李文博. 看"广西后三剑客"如何磨剑 [N]. 中国艺术报，2015-10-30(003).

③ 聂茂. 底层人物的现实困境与命途隐喻——论田耳的《一个人张灯结彩》及其他 [J]. 理论与创作，2008(1)：42-44.

④ 王俊. 底层精神世界的讲述者——田耳 [J]. 广西科技师范学院学报，2018，33 (4)：39-42.

田耳作品人物表（2005—2019）

发表年份	作品名称	人物	身份或职业
2005	《衣钵》	李可	回乡大学生
2005	《重叠影像》	大陈 李慕新	基层民警 电站临时工
2005	《姓田的树们》	田老反	退休教师
2005	《狗日的狗》	小兰	情妇
2006	《坐摇椅的男人》	晓雯	家庭主妇
2006	《最简单的道理》	小丁	转校生
2006	《人记》	许琴僮	挑脚盐贩
2007	《一个人张灯结彩》	老黄 钢渣 小于	老警察 社会混混 聋哑人
2007	《环线车》	王尖	无业游民
2009	《拍砖手老柴》	老柴	小摊贩
2009	《寻找采芹》	采芹	妓女
2011	《夏天糖》	小江 兰兰	司机 妓女
2013	《天体悬浮》	符启明 丁一腾	辅警 辅警
2013	《被猜死的人》	梁顺	独眼老头
2014	《长寿碑》	龙马壮	农民工
2014	《鸽子血》	小颖 陈凤	未成年少女 编外护士

发表年份	作品名称	人物	身份或职业
2015	《氮肥厂》	老苏	瘸腿看门人
2015	《金刚四拿》	罗四拿	返乡农民工
2017	《一天》	三凿	城市民工
2018	《下落不明》 又名《洞中人》	欧繁 莫小陌 耿多义	打工女 抑郁的作家 "自闭"的写手
2018	《掰月亮砸人》	狗小	乞丐
2019	《开屏术》	隆介	底层作家

由上表可知，抛开年龄和性别不说，这些人物都是在人生半途艰难跋涉、拼命挣扎的人——有的为提升自己的社会阶层而挣扎，有的为融入梦想的城市生活而挣扎，有的为摆脱自己的精神困扰而挣扎。他们的挣扎方式和过程或有不同，但他们都想摆脱"边缘"处境，融入"主流"人群。从社会学的角度来看，这些人正是不折不扣的所谓"边缘人"。

"边缘人"的理论渊源最早始于德国社会学家齐美尔在1908年提出的"外来人"概念，他认为"外来人不是今天来明天去的漫游者，而是今天到来并且明天留下的人"①。齐美尔明确表明外来人是作为多余的角色进入封闭的群体当中，这里的"多余"明确了外来人在社会大环境中的位置。美国社会学家帕克

---

① 成伯清.格奥尔格·齐美尔：现代性的诊断 [M].杭州：杭州大学出版社，1999：132-134.

在借鉴"外来人"概念的基础上改造并正式提出了"边缘人"（Marginal man）概念。他在《人类迁移与边缘人》（1928）一文中表达了对齐美尔"外来人"观点的赞赏并将其进一步发展，试图将其应用到复杂社会的移民现象和文化接触当中去。在他看来，所谓"边缘人"，其实是文化杂交的产物：他们生活在两个世界之中，而在每一个中间又或多或少是外来人；渴望成为新群体的正式成员，但又遭到排斥。[①] 在此基础上，德国社会心理学家勒温进一步指出，"边缘人"泛指那些对两个或多个社会群体心理和行为参与都不完全的人。1937 年，帕克的学生斯通奎斯特在《边缘人》一书中对边缘性和外来性做了区分，他提出：并非只有移民才会产生边缘性，诸如接受教育、婚姻、地域征服、殖民化、阶级和角色变化之类的内在变迁也同样会造成边缘性的产生。后续的研究者进一步扩充了这一概念——女性、青少年、老人、黑人、单身者、无选举权人、社区新移民、无业者以及社会地位低下者都是相对于社会主流的所谓边缘人群。

综上所述，在社会学和心理学中，研究者们借用"边缘人"的概念为人们揭示了社会转型过程中由边缘化、边缘感增强而诱发的一种新型人格，这类人共同表现出一种与主流相对、人格裂变、行为无序的人生状态。根据这些理论，人们很容易为"边缘人"群体画像——他们身处的工作和生活环境一定是自

---

① 成伯清.格奥尔格·齐美尔：现代性的诊断 [M]. 杭州：杭州大学出版社，1999:137.

己不熟悉、不适应的，但由于某种原因，他们无法回到过去所熟悉和适应的环境中去，因而在行为和心理上表现失常，甚至失范。

具体到田耳笔下的人物，这些人又大致可分为三类——第一类是"体制边缘人"，他们游走在体制内外，既难以获得体制内的保障，又无法获得体制外的自由；第二类是"城乡边缘人"，他们流连于城乡之间，既无法真正融入城市文化，又无法找回乡间的野趣；第三类是"精神边缘人"，由于受到外界刺激，他们的心理状态极不稳定，思维凌乱、意识焦虑，思想和行为挣扎在"正常"与"非常"甚至是"天使"与"恶魔"之间。

由此，本文尝试以"边缘人"的理论视角，通过文本细读来把握田耳作品人物塑造的特点，并进一步探讨其在中国当下社会转型中的潜在意义。

2

田耳的"边缘"书写首先着墨于"体制边缘人"。

著名社会学者周晓虹教授将"由于国际联姻、出访、留学、移民等原因而生活于两种不同文化中"的人称为"共时态边缘人"，将"处在两种社会形态的转折点或者说是两种时代交界处的特定人格"称为"历时态边缘人"。①

进入新时代,由于国家治理方式的变革和社会转型的滞后,社会上出现了一种游走在体制内外的"边缘人"。他们从身份上来说,是体制外的人,但从职业上来说,却干着体制内的工作,例如机关、事业单位的聘用制、派遣制员工。在当下中国社会,"体制"的内涵寓意丰富——从职业的角度来看,体制内的人工作稳定、发展可期、待遇优厚,处在这个社会的管理和领导阶层;体制外的人工作不确定、前程不明朗、待遇没保障,只能沦为被领导、被管理的芸芸众生。

《天体悬浮》是田耳荣获华语传媒文学大奖的长篇小说,堪称其迄今为止的长篇代表作。《天体悬浮》的两个主人公符启明和丁一腾就是所谓"体制边缘人"。他们的身份是"辅警",也就是派出所聘用人员,说白了,就是没有警察身份,却干着警察工作的人。他俩都无比羡慕"体制"内的人,进入"体制"当"正式"的民警,是他俩甘当辅警的人生目标。

符启明头脑聪明、行事果断,而且善于利用各种人际关系,转入洛井派出所一年便得到了领导赏识,在同事当中也颇有威望。然而,聪明能干并没有换来"进入体制",在所里后来的编制之争中,符启明早早败下阵来。他认为,辅警是"倡优皂吏","我们就是这个皂吏,小小的衙役、狱卒、不是官",而皂吏之所以和"戏子、婊子摆在一起说",是因为"官老爷永远不

---

① 周晓虹.现代社会心理学多维视野中的社会行为研究[M].上海:上海人民出版社,1997:28.

给皂吏出头的机会，世袭罔替"，就是"永远要处在底层"。这种自我无情的戏谑反衬出符启明对自身"边缘性"的无奈与叹息。

反观踏实肯干、努力上进的丁一腾，作为洛井派出所的"资深"辅警，他卖力地抓赌、抓嫖、缉毒，甚至面对凶案也有自己精辟独到的发现，凡事总能为工作贡献心力。可以说，以丁一腾为代表的大多数辅警，顶着"香港回归时才四百二，澳门回归时涨到五百五"的可怜薪资，为"佴城"的治安付出了青春和汗水，守护着城市的每一个日与夜。但是，奉公尽职同样没能换来进入"体制"。最后的"入编"名额落在了一个看似毫不起眼，实则大有背景的内勤小姑娘身上。

千方百计想"进入体制"的还有《开屏术》中的主人公隆介。他是个有创作才华的文人，却因自身耿直、不够圆滑的性情而遭到文联同事和领导的排挤，最后也没能成功进入文联这个体制内的单位中去，无奈之下，他只得回归奔波流离的个体户生活。田耳本身就是靠写作从体制外进入体制内的，鱼游水中，冷暖自知，他用这个人物来呈现当代中国社会体制外的"边缘人"对进入主流体制的渴望与艰辛。

体制有体制的"规矩"，有些不谙"规矩"的人即便身在体制内，也容易滑落到体制的边缘。《重叠影像》中的大陈就是一蹶不振的体制内失意者。大陈原本在局里办案能力出众，升迁势头迅猛，却因秉公执法得罪了与领导有亲戚关系的犯罪分子，最后落得下调乡镇派出所的结局，再难施展自己的才华。从此，他开始酗酒，消极度日。大陈在体制内无可避免地边缘化是田耳对体制内复杂人事关系细致入微地观察后予以的无情揭露和批判。

"体制边缘人"还大量存在于田耳的其他主要作品当中，有些并非主人公，但都寄托了田耳的关注与同情。通过对他们的塑造，田耳写出了现代人在体制边缘的隐忍与挣扎、卑微与无力，也让读者穿越"佴城"近乎真实的社会生活，感受到当下体制外人员的悲哀与不幸。从这个意义上来说，田耳小说具有揭露"边缘"问题以引起"主流"关注的社会价值。事实上，田耳深谙社会转型期"编制"对一个人生存和发展的潜在价值，但他并没有将"边缘"与"主流"直接对比和挑明，他只是通过对人性欲望的彻底暴露来进行不动声色的铺陈。也正因为如此，作家在直面社会问题时毫不避讳的勇气与态度才愈加令人印象深刻。

3

田耳关注的第二类边缘人是所谓"城乡边缘人"。

费孝通先生认为"边缘人"是受到不同文化波及的人，是文化接触中出现的现象，在他看来，"边缘人"至少是生活在两个世界或多个文化之间的人物。著名美籍华裔学者许烺光也指出：处在对比明显的两种文化环境的人，本来就徘徊于每种文化的边缘。

　　的确，"边缘人"作为现代社会转型中的典型人物，除了体制变革，他们的出现往往还与城市化浪潮背景下城乡文化的冲突息息相关。这些"城乡边缘人"来自乡镇或农村，他们共同的目标就是尽快融入所在城市的主流文化，成为彻头彻尾的"城里人"。然而，融合并不是一朝一夕的事，甚至无法在一代人的时间里完成。夹杂在乡村与城市两种文化的冲突中，这些第一代空间和文化上的城市移民无可避免地处于"城乡的边缘"。不被认可、不被接纳，是"城乡边缘人"对城市的普遍感觉。但是，曾经或当下的城市生活又使他们充满了对城市"围城"一般的复杂心态。

　　《金刚四拿》中的主人公罗四拿一语道出了他在城市中不被认可的处境："出去十来年，我发现外面（城里）人不需要我，谁都不需要我。"城市对罗四拿自我认知的打击与破坏使他最终选择留在乡村，甘愿领着微薄的工资清贫自持。但小说中同为乡人的"我"却因为罗四拿的经历和描述萌发了进城的意愿。因为在"我"看来，城市文明塑造了回乡后风光无限的罗四拿，因此他能够受到乡人们的另眼相待。至此，身处乡村却倾慕城市，身受乡风熏陶却渴求城市洗礼的盲目心态在"我"身上显露无遗。

　　不想被边缘化，也不想回乡的人往往因过分渴求融入城市而走上险途。事实上，城乡人格本来就是二元对立的两种地域性人格，这与城乡生产方式、价值体系、行为模式、角色规范等问题有关。在农村，生产生活的环境以及社会文化的封闭使人们普遍有种"宿命论"，眼界十分狭窄——正如田耳所说："不管在哪个地方，看到的都是群山四合，密密匝匝，目光再也不能到达远一些的不一样的地方。"而这些乡人一旦进入光怪陆离，到处充满"物化"与"异化"的都市，其思想和行为很容易发生巨变，甚至是"剧变"。他们一方面不再安服"宿命"，另一方面，却找不到改变"宿命"的正途。

《拍砖手老柴》中的老柴便是这类"城乡边缘人"的典型代表。他身上遗留着乡下人的保守与安分、憨厚与朴实，即使被妻子逼着进城谋生，也仍然怀念村里的田地与劳作方式。可是很快，在妻子的唆使和金钱的诱惑下，老柴走上了自己曾经抗拒的险途——通过拍砖实施抢劫。最终，原本善良的乡人本性被城市"物化"的贪婪欲望吞噬，老柴丢掉了分辨是非的基本能力，在"金钱至上"的城市氛围中走上了违法犯罪的不归路。

《衣钵》也涉及田耳对城乡冲突的思考，作家善用"道士"这一独特身份来象征中国乡村固有的精神传统。小说主要描述的是主人公李可大学毕业后因在城市找不到工作，只好回家跟随父亲学习如何做道士的过程。作家诡异地用亲人死亡的方式来完成李可对乡村的回归——在父亲意外过世的道场上，李可继承了父亲的衣钵，"他看见或者听见母亲是在一个很熟悉的地方一声声喊他，他正要走向那里"。对李可来说，他在"祭祀般的神圣感"与清晰的现实认知中实现了自我反省与重生。由此可见，两代人的思想鸿沟虽然在城乡两地实现了有效的跨越与连接，但城乡文明的碰撞与交锋很难在李可的身上消失，一种非"城"非"乡"的边缘心态便显现出来。

再看《一天》中的三凿，他无疑是城乡二元化对峙下最失败的人物。三凿是农民工，重男轻女，长期与妻子在城市打工，三个孩子在家乡沦为"留守儿童"。《一天》讲述了三凿的一对双胞胎女儿在死亡后，他和亲友索求学校赔偿的故事，所有的过程刚好在一天之内完成，当中占据大量篇幅的是双方讨价还价的情节。从某种意义上来说，这也是个衡量生命价值的故事，只是两条鲜活少女的生命究竟换来多少金钱才可以填平生者的哀愤呢？田耳不说，他选择用客观的讲述来掩藏悲悯。

在田耳笔下，"城乡边缘人"的喜怒哀乐尽收眼底。在现有的社会结构中，于城乡之间颠沛流离的群体越来越多，最具代表性的莫过于"农民工"这个群体，他们是裹挟在城乡之间郁郁不平的失败者，是带着乡村身份的烙印但却工作生活在城里的边缘人物。只要他们一天无法完全融入城市，他们的社会身份就会永远存疑。正如"农民工"三个字的内涵，他们究竟是属农还是属工？没有人可以给出明确的回答。但即便如此，在田耳眼中，这些"城乡边缘人"在中国社会现代化进程中所起的推动作用还是值得用笔墨去重视与铭记的。

4

田耳笔触所及的第三类"边缘人"属于"精神边缘人"。

有社会心理学者对"边缘人"的人格障碍进行了心理分析，提出"边缘型人格障碍是以情感、人际关系、自我形象的不稳定及冲动行为为临床特征的一种复杂而又严重的精神障碍"[1]。著名作家余华认为，没有一个人在心理上是完全健康的，起码不可能一生都健康，田耳的笔触恰恰就伸入这不健康的一部分。[2]田耳笔下的"精神边缘人"在工作和生活的压力下处于精神"正常"与"失常"的边缘。从心理学上来看，这些处于边缘状态的"患者"身上同时存在着良好的社会适应性以及情感和精神上的不稳定性，他们表现出相同的人格特质：内心孤独、抑郁、敏感、缺乏安全感、无法承受压力等。

《一个人张灯结彩》是田耳获得鲁迅文学奖的中篇小说。这部让田耳声名大噪的作品暗含当代中国经验下的血肉丰满的边缘人物，表现了每一个力图摆脱生命边缘体验的人所处的生存与文化困境。小说围绕老黄、小于、钢渣讲述了发生在"钢城"的一段爱恨情仇。故事源于一个叫于心亮的人被害，警察老黄

① 李江雪.边缘型人格障碍的心理分析研究 [D]. 华南师范大学，2006.
② 余华.为什么我们都有着不同程度的焦虑 [J].记者观察（上半月），2015 (3).

去破案，可是当真相一层层被揭开的时候，凶手与被害人妹妹之间复杂浓烈的爱也随之显现，于是错杀与错爱的悔恨与无奈便化作所有人漫长的等待。"一个人张灯结彩"指的不仅仅是结尾处小于在喜庆热闹的春节气氛中独自等待钢渣的场景，也是老黄等待自我救赎的一个心路历程。作者自己说这是一篇关于孤独的小说，孤独是一种常态，一种永在，与生俱来，如蛆附骨。"一个人"不仅仅是小于，而是在场的每个人，"张灯结彩"则是超越孤独的渴望。

"抑郁"与"自闭"是当下国人普遍存在的心理问题，表现在情绪上是以悲伤、低沉、绝望为主，表现在行为上则是无精打采、不愿与人接触等消极的处世方式，用一个时髦的词来形容就是"丧"。随着人们物质生活的日益丰富，情感却时常遭遇危机。不论亲情、友情，抑或是爱情，如果在人生特定的某个阶段缺失了，那么自我都是残缺不全的，最后也只能徘徊在孤独的边缘，沦为精神状态上的边缘人。

《夏天糖》中的司机小江，在寻爱的过程中一路纠结困惑，他一心想找回当年纯粹的爱的感觉，却在失望之余亲手将爱终结。与其说他开车碾死心爱的女人是他邪念的发泄，倒不如说是他长久情感缺失造就的畸形与"抑郁"的心理。同样，《开屏术》中主人公隆介最后的"自闭"也与他失去全力呵护的爱情有关。隆介几段失败的婚姻像一只无形的大手压制着内心深处的情感，直到有一天，他终于找到一个能够寄托他所有真情的对象，于是他用尽生活所有的热情去浇灌他的爱情。然而，爱得越深伤得越深，他一厢情愿的守护注定了他的爱情终归是一场孤单的悲剧，他自己也在这次情感的遭遇中一蹶不振，主动失踪。

《洞中人》也是一部展示"边缘人"精神危机的小说。如果说欧繁的"边缘化"源自大家庭的拖累，读者似乎可以理解她做"小三"出卖肉体的边缘行为，那么，主人公耿多义和莫小陌身上表现出来的激烈人格冲突便颇有些令人费解了。莫小陌是一名体制内作家，由于写作能力不足而备受打击，爱情的压抑与挫败也加速了她精神上的边缘化，最后患有抑郁症的她选择了消失于人世。与莫小陌相比，耿多义是一个颇具写作天赋的人，他才华横溢且生财有道，最后却因莫小陌的失踪而性情大变，不愿与外界有更多交流。可以说，这二者的社会经济地位稳居主流，却都选择将自己的内心封闭起来。究其原因，卡西尔在《人论》中提到的一段话或许可以解释："在所有人类活动中我们发现一种基本的二极性……它是稳定和进化之间的一种张力，它是坚持固定不变的生活形式的倾向和打破这种僵化格式的倾向之间的一种张力。"①换言之，这是发生在边缘人身上的一场精神冲突，是理想与现实落差造成的对社会的无所适从。

除此之外，田耳笔下还有大量饱受精神折磨的边缘女性，她们往往没有固定职业，都是被人招之即来挥之即去的角色。例如《狗日的狗》中的小兰、《夏天糖》中的兰兰和《寻找采芹》

---

① [德] 恩斯特·卡西尔. 人论 [M]. 甘阳，译. 上海：上海译文出版，2004：73.

中的采芹，她们的身份都是妓女，长期承受着精神自卑与肉体自贱的双重折磨，是所谓"社会阶层"与"精神状态"的双重边缘人。在田耳小说中，女性给男性提供了一个精神宣泄的出口，尤其是妓女，更是男性身心纵欲的直接对象。

5

田耳擅长描绘世间边缘的众生相。在他笔下，每一个卑微的灵魂都值得去理解，他们是田耳用笔对现实发声的载体。田耳小说人物谱系众多，包括小市民、街头混混、临时工、妓女、司机、老板、警察、知识青年等，这些人或许与"体制"脱节，或许在城乡夹缝中颠沛流离，又或者在精神上饱受煎熬，他们都可以归入"边缘人"一类当中。田耳的作品于冷峻、坚韧中呈现生活最真实也最困难的模样，是对边缘镜像生动的刻画。因此，用"边缘人"视角去解读田耳笔下的人物是切中肯綮的——田耳写出他们真实的备受屈辱与折磨的生活状态，以此来揭示"边缘人"的生存困境，对这些"边缘人"形象的解读也成为通往理解作家内在精神视阈和写作动机的一条绝佳路径。

李敬泽说，田耳所占据和建设的是一座书面之城，介于城乡之间、今昔之间，内向、孤独。① 其实，这正是田耳刻意营造的

———————————
① 李敬泽. 灵验的讲述: 世界重获魅力——田耳论 [J]. 小说评论, 2008(5): 74-77.

安放人物和故事、寄托自身社会思考的"边缘之城"。不同于他的凤凰前辈沈从文构筑的美好诗意的"边城"，田耳笔下的这座"边缘之城"充满诡谲、危险、阴暗、暧昧的气息。他的笔触直接深入社会边缘的现实生活，一如他笔下人物的选择——辅警、民工、乞丐、游民、妓女……田耳曾经混迹其间，他以参与式观察的姿态平视"边缘人"的生存状态，以此来呈现这些卑微个体在残酷现实磋磨下的种种结局。

在田耳的小说中，"佴城"是使用频率最高的一个地名。田耳曾表示他笔下的佴城规模比凤凰县城要大，而他编织的故事往往都发生在佴城，或类似城市的城乡接合部。这里经济社会较县城发达，但却远落后于中心城市，既充满乡村的气息，也不乏现代化特征。正如《天体悬浮》开篇展现的佴城杂乱无章的模样——正在拆除的大桥使人们无法从中辨别出道路，工业化和都市化的进程缓慢推进，大量的流动人口滞留其间……在田耳笔下，这里住着懵懂的学子、焦躁的民工、狡黠的小商贩和莽撞的社会混混等人群，他们经济能力有限、远离城市社会主流、价值观不断遭受挑战、心理上孤独焦虑，他们无疑是被主流社会边缘化的特殊群体。无论是面对正义与真情两难抉择的失落者，还是浑浑噩噩随波逐流的堕落者，抑或是不甘被人掌控而奋起抗争最后走向毁灭的失败者，田耳借助他们身上强烈的欲望和对苦难的抗争来展示"边缘人"的生存故事，同时把传统乡村意象与现代城市特征融合，组成了故事复杂的背景。这些边缘人物的努力与坚持、挣扎与反抗、焦虑与心碎都被描摹出来，叙述的张力从中显露无遗。

在写作手法上，田耳通常赋予小说灵动的叙述声音，建构虚实并置的不同空间，同时借助自己独特的幽默表达以及娴熟自然的叙事技巧将"边缘人"的生命情态与深刻的存在意义诉诸笔端——无论是他化身侦探讲述离奇惊险的罪恶追逐，还是他深入农村体验乡土中国的断裂成长，抑或是他挖掘人性直击底层世相的残破现状……多变的叙事中，不变的是他试图将主流社会之外的边缘个体生命体验融入社会发展的历史长河之中。这便是田耳笔下"边缘人"形象的魅力所在，而所有这一切构成了作家独特的文学世界。透过这些林林总总的"边缘人"形象，人们看到了作者坚持"边缘书写"的社会责任与担当。

6

阿诺德说过，伟大的文化人总是有一种激情，一种把最好的知识、最好的观念传布到天涯海角的激情。田耳便是具有这种激情和责任感的一位作家。在严肃文学日趋边缘化的今天，他依然坚守写实创作，展示了一位作家的社会良知。从"边城"凤凰到"边疆"广西，两地独具的人文地理上的边缘气息对田耳的创作产生了极大影响——他笔下的人物大都是弱势群体或边缘人物，他写作的目的就是为这些弱者发声以及对现代社会"丛林法则"进行直抒胸臆的批判。

　　中国当代文学塑造了丰富庞杂的人物群体形象，田耳笔下的"边缘人"形象，无论从题材选择、叙述策略还是审美取向上都是对当代文学人物谱系的独特补充与丰富。当然，从文学史的角度来看，"边缘人"形象的书写并非从田耳开始，他建构的"边缘人"图景只是整个"边缘人"形象图谱中的一部分。但是，田耳笔下的"边缘人"形象顺应了社会时代的发展，倾注了作者悲天悯人的情怀。他笔下的"边缘人"形象集中映照在普罗大众和底层人物等"弱者"身上。更为难得的是，田耳不仅仅把物质匮乏与身世凄凉作为他们边缘化的来源与归宿，他发现了潜藏在所有人心底的本源性孤独与焦虑的心理，那便是"边缘人"的哲学宿命——从某种意义上来说，这也是现代人的整体性边缘心理。正是由于田耳用一个个"边缘人"的故事来为社会弱者代言，通过讲述他们的爱恨情仇来表达自身对生命哲学的终极理解，也使得他的小说在通俗的外衣下愈显内涵深刻，他也因此在获得文学界认可的同时，最大限度地引起了社会共鸣。

　　由于种种原因，田耳自己曾置身于体制的边缘，游走于城乡的边缘，精神上也一度沦落到"只想躲起来，在没人看见的地方小心活着"①的自闭边缘。然而，这一切随着鲁迅文学奖的从天而降而瞬间云开雾散——田耳进入了体制内，搬进了省会城市，甚至进入了象牙塔。但是，依靠自身努力融入主流的田

----

① 田耳. 树我于无何有之乡 [J]. 文化与传播, 2016(2): 49-52.

耳并没有忘记自己曾经经历过的边缘生活。如果说之前的边缘书写是源于自身经验的自发式创作，那么，摆脱了"边缘"的田耳开始自觉地关注"边缘"。在这之后，他不断调整叙事策略，试图从不同角度去发掘各类人物身上的边缘特征。他的作品聚焦社会边缘地带，着重刻画"小人物"，擅长捕捉弱者的喜怒哀乐，勾勒出主流之外一类流亡"边缘人"的生活状态，用一个个看似"零余"的生命去诠释自身对个体和人类的终极关怀。田耳在一篇创作谈中曾说"若无理解，请勿关怀"，这便是他的创作观，很好地诠释了他坚持边缘书写的目的和意义，那就是——甘为弱者发声，呼唤社会理解。

正如田耳特别关注的辅警，他们也是公安队伍中的一员，承担了刑侦、治安和交通等大量警务工作，是公权力的部分行使者。但在城市社会的主流认知中，"辅警"也好，"协警"也罢，实际上就是公安体制外的"临时工"，不但素质低、作风差，而且收入低、没保障、升迁无望，出了事还得为单位、为领导"顶包"。无疑，这些体制边缘人属于社会的弱势群体。但是，谁又能说，这城市的安宁、社会的运转和生活的美好须臾能离得开他们的辛勤奉献呢？不同于新闻记者的报道呼吁，作家田耳选择用文学作品来关注他们的人生冷暖，提醒人们理解和认可他们的社会贡献。

其实，从社会学的角度来看，中国当代小说中"边缘人"形象塑造的发生和流变与转型期中国的社会变化息息相关。田耳以当下中国社会为时空背景，以自己的巧妙构思来书写特殊的

边缘人群，是他对某种孤独生命形式与不幸命运形态的理解与
反思。在田耳笔下，"边缘人"面临着真实的生存窘境：因为无
法融入主流文化，他们内心有着强烈的孤独感和不被人理解的
愤怒与不安；他们也曾努力工作和生活，渴望获得来自社会主
流的认可，却在看似无尽的等待中变得躁动、变得冷漠，甚至
变得疯狂。从这个意义上说，正视他们、感受他们、理解他们，
这不仅是田耳的写作内核，更是作家秉持的社会责任和信念——
通过作品呼唤主流社会关注和同情边缘人的生存状态，最终以
某种方式认可和接纳他们，消除因为利益和文化冲突所带来的
社会矛盾，以此来促进社会人群的和谐共生。而这，也许正是
解读田耳人物创作的一把密钥吧！

（万亿　曾珍）

对话聂震宁：数字化时代的文学写作、出版和阅读

本篇独家访谈，将与您共同探讨在数字化时代下，我们应该如何更好地进行文学写作、出版和阅读。

对话名家

聂震宁，1951 年生，江苏南京人。全国政协委员，中国作家协会全国委员会委员。曾任广西新闻出版局副局长、中国出版集团总裁、人民文学出版社社长兼总编辑；现为中国韬奋基金会理事长。著有文集《我的出版思维》《我们的出版文化观》《书林漫步》。曾发表大量中短篇小说，并以短篇小说《长乐》《绣球里有一颗槟榔》，中篇小说《暗河》《岩画与河》等作品赢得读者关注。曾获韬奋出版奖、中国出版政府奖、优秀出版人物奖、首届庄重文文学奖等，被授予新中国 60 年百名优秀出版人物、新中国 60 年百名优秀出版企业家等称号。为享受国务院特殊津贴专家。

研究·思考

"新语词永远是一种文化现象"

万　忆： 对于数字化时代写作语言的问题，您在讲座中说"时代有时文"，什么时代就有什么时代写作语言的特点，但是现在我们国家新闻出版广电总局也提出语言要净化，那么，对于这种数字化时代的写作能不能用网络语言、怎么样运用网络语言的问题，您是怎么看的？

聂震宁： 我认为新语词永远是一种文化现象，无论中外都一样。英国每年都会发布新英语单词。因此，数字化时代出现了新语词这是很正常的。另外商务印书馆、新闻出版总署每年都会对新语词进行搜集、整理，整理之后附在最新版《现代汉语词典》的后面，向大家推荐，以备修订时加进去。语词也是有文化性、有价值观、有审美特质的，所以对新语词要有一个严肃的态度，并不能凡新必收。甚至，有些词语新到一定程度就会被换掉，比如原来说"你 call 我"，现在变成了"你 Q 我"。这是时代的变化，那这些语词是不是一定要收录呢？我认为，作为一种语言研究是可以收录的。但作为一种向大众推荐的《现代汉语词典》《新华词典》就不一定要收录，因为这些语词不够固化。所以对于语词的问题，我认为既要带有一种看待时文的态度，同时也应该把文章看作经国之伟业、千秋之伟业的事情，不能够太随意。

万 忆： 您说的其实就是一个标准的问题，那谁来定这个标准？凭什么来定这个标准？

聂震宁： 这个标准不可能去用实体法来规定，在实体法不健全的情况下，只能用程序法。也就是需要语言专家、社会学专家、教育学专家、出版学专家等，特别是语言方面的研究专家和文学家，大家共同来商量。

万 忆： 能举一些具体的例子吗？

聂震宁： 比如前两年新语词里面的"剩男""剩女"就被认为具有侮辱性，而坚决不被采用。我认为这有些过，其实这并没有侮辱性，有些年轻人自称"剩男""剩女"嘛。但当时主持新词语收录工作的领导有他们的考虑，希望在道德上能更和谐一些，所以就没有采用。没有采用也正常，我觉得也合理。这没有多大关系。但有一些新兴词语我认为就比较不好，比如"劈腿"，我认为这不应该是我们主流媒体要用的，这里面就带有一些色情的挑逗了，我认为不太好。

"越是在网络时代才越需要编辑"

万 忆： 您刚才在讲座中还提到了一个问题，就是网络时代的编辑对于文学作品选择的问题。那么，从我们新闻传播的角度上来说，实际上您谈到的是一个"把关人"的理论，从内容的"云"到客户的"端"，再推而广之来

说，您觉得在这种网络时代，我们网络编辑如何更好地
履行把关人的职责？我指的不仅仅是政治方面的把关。

聂震宁： 对于数字化时代的网络编辑，我认为首要之务是专业的
精神。比如研究一个社会问题，你不专业，没有专业精
神，这就难以胜任。这实际上是一种科学的精神。第二
个是规范，这也是把关的一方面。以前，我在传媒论坛
上进行网络互动，说编辑永远是需要的，因为数字化时
代网络需要有规范，编辑代表社会一定层面的规范。当
时就有网民质疑说，制定规范了是不是就限制了自由。
其实，这是事物普遍具有的两面性，规范肯定需要，得
不到规范的传播，大家在网上怎么说都行，莫衷一是，
就很容易产生广场效应。这是很危险的。在这个充满海
量信息、海量稿件的时代，需要专业精神来衡量它，需
要专业的规范来评价和加工它。更重要的是网络编辑代
表着一种选择，这种选择就是在海量信息时代、海量资
源时代，有人帮你选择好作品，你就免除了在海量的文
稿里边漫无边际地游荡。这种规范，一定意义上代表社
会一定时期的主流价值选择，这也必不可少。因为社会
总是在主流价值的引导下全方位地前进、多元化地发
展，主流价值观一定要明确，因此这就是一个全面的选
择。此外，最重要的选择还是对作品内容的选择。从社
会角度看，一部作品对我们的社会有益而无害，至少不
会祸害社会。另外对文学自身的发展也要有一个很好的
专业的贡献，对读者来说，可以得到精神上的享受、阅
读上的享受。

万 忆： 你认为数字化时代，网络文学的编辑在作品选择上与传统的文学出版有什么区别吗？

聂震宁： 我认为，这种选择与我们传统出版的选择应该说没有根本上的区别，如果非要说有的话，那就是技术上、传播上的东西。传播上我们说目标受众是什么人，我们应该怎么传播，是纸介质的，还是网络版的，甚至是微版权的，是每一小单篇地传，还是整本地传，都有很多策略在里面，这是另外一回事。有人说网络时代不需要编辑了，其实，越是在网络时代才越需要编辑。

"出版也必然被数字化改变"

万 忆： 数字化时代对出版是有影响的，但它不是一个全面的、覆盖式的影响。那么数字化时代对出版业的直接影响是什么，特别是对文学出版的直接影响？

聂震宁： 数字化时代的出版在某些方面对我们产生了影响，特别是对文学出版有直接的影响。首先表现在电子书、网络出版、微信、微博、手机移动阅读等方面，虽然现在是ipad、iphone 的阅读时代，并且这些阅读是零碎的，但零碎也有相当的一些对接。第二个就是我们的受众已经发生很大的变化。尽管数字出版不完全对应图书出版、纸介质出版或杂志出版，但它已经影响到读者的阅读习惯，影响到读者的分流和分野了。原来习惯于寻找纸介质阅读的读者，开始去网上浏览。还有的完全在网上游荡，不再读书。这样就把我们的读者分流了，不像我们在 20 世纪 80 年代写小说的时候，一篇小说出版后就像新闻一样，每个人都要找来看一看。特别是社会新闻类的小说，那时就会成为一个社会话题。现在小说已成不了社会话题。大家会在微信朋友圈或是公众号里面浏览一些内容，已经不再像过去那种纸介质的阅读，那么一种比较稳健的、有比较确定的读者对象的一种阅读了。它最大的变化就在于此。

万　忆： 你的意思是，发表和出版文学作品的方式变了？

聂震宁： 对！我们的社会生活已经被数字化改变了，我们出版也必然被数字化改变。比如说一个写散文诗的人可能就不怎么发表散文诗，而是选择在微信上不断发自己的散文诗；或是不断发在微博上，每天发几篇。过几年把它们汇集起来，也可以出散文诗集。当然，尽管数字化趋势是明显的，但是最后我们还是要用纸介质做成一本书，放在自己面前才有感觉。就像现在我们新媒体的年度报告还是要用纸介质来做才放心。可见纸介质这种稳固的出版形态，它不会随着数字出版的兴起而消亡，但数字出版确确实实在兴起，确确实实覆盖了我们人生的很多方面，同时确确实实帮助读者打开了新的天地，这已经是不争的事实。

"新兴媒体与传统的纸质出版物
最大的不同就是便于检索"

万　忆：刚才我们也有聊到新媒体，您觉得新兴媒体在具体传播
　　　　的手段和技巧方面，跟我们传统意义的纸介质出版物相
　　　　比，有哪些不同的特点？

聂震宁：我觉得新兴媒体与传统的纸质出版物最大的不同特点就
　　　　是新兴媒体便于检索。比如，首先，它可以快速检索出
　　　　某一个单词最早是在古籍里面的哪本书出现的；或某
　　　　一句名言是出自《大学》《中庸》还是《孟子》。其次，
　　　　检索的背后实际上是云出版、大数据。云出版、大数据
　　　　是数字出版最重要的后台。有了云出版、大数据，检索
　　　　就变得十分便捷。除了检索之外就是互动，互动一般为
　　　　网络互动，是以网友的在线交流为主要方式，不同的看
　　　　法可以进行实时交流。最后是移动性。移动阅读可以说
　　　　是人类阅读的一大进步，过去我们拿着一本书，一边走
　　　　一边看。现在是拿着手机一边走一边看，而且在任何时
　　　　候我们都可以把没看完的书搜出来接着看，这就是移动
　　　　阅读。移动阅读使我们的碎片化时间得到了整体化的使
　　　　用，而且内容是海量的。我认为最重要的就是这三点。
　　　　之前，我们在接待以色列某位作家的时候，他带了一箱
　　　　的书来，他夫人说这是他的图书馆。现在已经完全不需
　　　　要带一箱书，只要带着电子书就够了。但喜欢纸介质是

另外一回事。

万　忆： 关于用新兴媒体来传播传统文化的问题——继承和发扬优秀的传统文化对于年轻人来说是非常重要的，那么您认为如何用新兴媒体更好地传播我们中国的传统文化呢？

聂震宁： 以网络为主要阅读的载体，或是说以移动互联网为主要阅读载体的读者，年龄大概是在十八岁到三十岁之间。但事实上，也有其他年龄段的人通过网络来阅读。所以不能认为只有年轻人在使用移动互联网阅读。网络已经变成一个世界了，从一定意义上说这个世界有高、中、低之分，也有专业和非专业之分，亦有文、野之分，粗细之分。这时我们的新兴媒体千万不要以为只是给年轻人传播，这样会使很多人觉得太肤浅了，会产生反感。比如说维基百科并不是考虑给年轻人的，所有需要百科知识的人都可以检索到其需要的词条。这就是考虑到整个社会的需求。所以在移动互联网上传播传统文化也应该有这种专业和非专业的普及，深度和浅显的普及，形成一个良好的格局。这样传统文化才能得到更好的传播。如果在网络上面都是肤浅的，一般教育性的东西，比如《弟子规》《三字经》或是《论语》，显然是不够的。现在在网络上也可以查阅到很多专业古籍的名篇。所以，我认为下一步是应该更好地利用好数字出版技术来传播传统文化，用各种办法来传播，不要认为只是给年轻人来传播。

"年轻人要做一些深度阅读、慢阅读，要有一些完整的阅读"

万　忆： 您刚才提到王蒙老师说现在的年轻人只读 140 个字的东西，这些碎片化的东西，民族要"白痴化"了，那么您当时提出的观点是：这种碎片化的东西对我们来说也是有好处的。但是我有一个问题：是不是像您这个年纪，或者说再年轻一点像我们这个年纪，虽然看一些碎片化的东西，但我们是建立在系统阅读和经典阅读基础之上的，所以可能我们对这些碎片化的东西在理解、认识、吸收和传播方面要比年轻人更有优势，而年轻人如果没有经过系统和经典的阅读就去看一些碎片化的东西是不利的，在这方面我可能更同意王蒙老师的观点。

聂震宁： 是的，关键要看是什么年龄段的读者群，年轻人尤其要提倡他们做一些深度阅读、慢阅读，要有一些完整的阅读。从人类传播的历史来看，从来都是碎片和整体、肤浅和深度的传播相交织进行的，不可能全部是整体的，也不可能全部是碎片的。但数字化的出版、数字化技术的传播，使我们的文学写作和我们的文学出版发生了很多的变化，很多小文章都在网络上不断地散发，于是我们的阅读被小文章不断地带着走，所以说变成了一个"论语"时代，变成了一个碎片化的时代。碎片化时代实际上是古已有之，比如《论语》和柏拉图的《理想

研究·思考

169

国》，就是一种碎片化式的结构；老子的《道德经》也只有五千字，和一篇博客的长短差不多，也是属于碎片化一类的。而先秦经典大多是短小碎片的文本，这些碎片的存在并没有影响到后来大量鸿篇巨制的诞生和阅读。人类社会的阅读历史从来就是碎片化加整体化的，这没有问题。但如果碎片化成为主导潮流，那我们的民族就很悲哀，我们个人成长就会受到很大影响，因为你必须要有一个整体的东西，心里面要有一个深度的东西。如果阅读文化不强调整体化的阅读、深度化的阅读，必然会带来我们整体文化的流失。当然碎片化时代同样也有很多大作品，现在有人雄心勃勃地要写出传世之作，这没有问题。现在问题是，年轻人更需要好的引导。事实上求知欲是人类最基本的一个欲望。现在我看到二三十岁的年轻人，他们现在也是读经典的。在这个问题上王蒙的观点比较激烈一些，他是在强调整体化阅读的重要性。我消减一下，实际上我们在本质上是一致的。

万　忆： 大学生是青年人中文学作品的主要读者，对他们的阅读方式，您有什么建议吗？

聂震宁： 我最近才发表了一篇文章鼓励大学生读经典，题目是《大学生是不是一定要读经典》。大学生读经典一定意义上要强制，对经典的阅读一定要是细致化的阅读，不能是快的、碎片化的阅读。在西南交大，从大一开始一共要阅读九十六本书，四年必须读完而且要检查。四年一共有四十八个月，一个月读两本。北大曾经有过六十名教授推荐的北大必读书，但是却没有人知道，因为不强制。武汉大学曾经强制过，但有人有意见，他们认为阅读是个人的事情，为什么要强制呢？但是大学生既然是受教育者，国家有规范也是为了民族的文化传承，社会的繁荣。当然也许这不合潮流，但事实上欧美国家大学生的阅读量远远超过我们国家大学生的阅读量。美国的大学生是一周要读五百页，就相当于一本书。而我们国家在初、高中的时候强制得不得了，到了大学就不再强制了。哥伦比亚大学、芝加哥大学从 20 世纪初就有阅读课，并有量的规定，而我们国家没有。所以大学里应该开阅读课作为通识课，这都是基本的东西。

万　　忆：您刚刚提到慢阅读，在新兴媒体广泛兴起的数字化时代的今天，浏览式阅读已经成为一种常态，那么在数字化时代慢阅读的必要性体现在哪里？

聂震宁：阅读对于我们所有人来说是一个特别重要的问题，近年来国内读书界、出版界也出现了有关慢阅读的呼吁与行动。其实读者才是阅读的主体，读者更需要认真对待慢阅读的主张。除了在网上浏览微信、微博之外，还需要熟读几本书，慢读几本书。美国教授托马斯告诉学生，慢阅读能换回阅读的愉悦，从高品质的文字中找到阅读的乐趣和意义，他明确要求学生要慢读。他发现他的学生已经习惯在网络上浏览，已经难以集中注意力来看书了，于是便要求他们诵读，用诵读的办法使自己慢下来。随着移动互联网阅读的兴起，快阅读、浅阅读甚至是读图之类的快餐文化已经成为当下阅读的主流，青年一代正在面对"营养不良"的危机。越是让人眼花缭乱的数字化时代越需要阅读者静下心来慢阅读。现代化、数字化的发展必然会使整个经济社会的发展速度不断加快。人们现在已经开始抱怨快节奏的生活使人喘不过气，几乎每个人都知道快得不行，可却又不知道为什么要这么着急。那么，阅读的速度也就不能幸免，只能跟着整个时代变得越来越快。为了人类的发展，我们不能一味地以快为美，而是应该做到该快的时候快，该慢的时候则慢。阅读文化正应该如此。

观点

新兴媒体的不断发展，数字化的不断加深，彻底改变了纸媒时代的格局，在文学创作、传播和阅读方面对人们产生了直接的影响。数字化时代出现的电子书、手机移动阅读、微信和微博等电子阅读影响着文学读者的阅读习惯，使阅读群体分流，同时文学类型的多样化也改变着大众的文学口味。当今时代文学作品的传播在一定程度上借用了新兴媒体这个载体，将文学转化为公众资源，使大众读者受益。同时，数字化时代的到来也为文学写作的发展提供了一个自由创作的平台，对文化的普及起了一定的推动作用，是社会的一大进步。在数字化时代，广大读者要充分利用数字化技术资源，重视文学阅读，让文学语言与时俱进，还要在慢阅读中提高文学理解能力，深度阅读经典文学作品。

（万亿　徐乐）

对话田耳：一个非传统作家的传统写作

本篇独家访谈，将带您深入了解一个非传统作家的诞生和他的传统创作之路。

对话名家

田耳：本名田永，湖南凤凰县人。在《人民文学》《收获》《钟山》《联合文学》等杂志发表小说三十余篇。主要作品有：中短篇小说《衣钵》《重叠影像》《姓田的树们》《一个人张灯结彩》《你痒吗》《狗日的狗》《环线车》等。中篇小说集：《一个人张灯结彩》《环线车》。长篇小说：《风蚀地带》《夏天糖》《天体悬浮》。荣获第十八届、二十届台湾联合文学新人奖，2006年获"湖南青年文学奖"，小说《一个人张灯结彩》荣获第四届"鲁迅文学奖"、(2004—2006 年) 优秀中篇小说奖以及 2007 年度"人民文学奖"。

传统写作的坚守

"从写剧本中学写长篇"

万　忆： 最近国内文坛有个说法：经过漫长的准备期，"70后"作家们已具备成熟的创作技巧和厚重的文学内涵，将迎来属于他们自己的时代。比如你，长篇小说《天体悬浮》在《收获》上连载，反响很好，还将马上出版单行本。不过，在此之前，你的中短篇小说似乎名声更盛？

田　耳： 其实我一开始写作就写过长篇，没写好，才开始写中短篇。长篇一旦开好了头，再顺着写，就能写出自己满意的作品。这跟写中短篇小说很不一样，写中短篇挺令人焦虑的。因为写小说最难的就是开头，而写中短篇你无时无刻不在想开头，焦头烂额。所以，我一直盼望创作长篇小说，只是之前一直没有摸清路子。2011年，我打算赚点钱结婚，就跟朋友去编电视剧。那部戏是室内剧，对故事要求也不是特别严谨。编剧的时候我发现，只要先确定人物的形象，将其塑造得有血有肉有个性，之后按照他们的性格自然而然就走到结局了。这让我一下子就意识到以前写不好长篇的症结所在：以前我是在用写中短篇的思维写长篇，写之前就把开头结尾都设计好了。因为中短篇篇幅不长，即使写作中与预想的有差别，也能及时调整过来。但写长篇就不一样，如果事先想好开头结尾，整个写作就变成了完全封闭的过程。从开头到结尾，内容总会与设想的有所偏差，要是调整不过来，还是勉强朝着事先设定的结尾走，整个故事情节都会比较别扭。明白这一点后，我就开始写《天体悬浮》，这篇小说的创作完全印证了我对长篇小说写作技巧的理解。

万　忆：就是说，中短篇是跟着故事走，长篇小说是跟着人物的性格走，主要是刻画人物。中短篇可以把开头结尾想好了再写，但是长篇只可以想好开头，不能直接想好结尾。要在创作过程中把握小说主人公的性格，由主人公的性格水到渠成地形成结尾？

田　耳：是的，长篇小说的结尾是主人公性格决定的，不能由作者的想象决定。我渴望写好长篇，长篇对写作者的诱惑，就如世界尽头对旅人的诱惑。中短篇相对较容易把握，虽然起伏不定，但随着经验的累积，将一个东西写到够发表还是不成问题的。长篇小说对文字、结构、节奏以及写作状态的要求都大不一样。对我而言，我写这部小说最大的收获在于"学会"了写长篇。

"创作的信心源于文字的无限可能"

万　忆：很多作家是写小说出名了改写电视剧赚钱，而你是从写剧本中领悟到了长篇小说的创作技巧，转而开始写长篇，你有没有想过，写剧本比写长篇可赚钱多了！你这种创作的原动力是什么？

田　耳：创作之初，我也考虑过一些现实问题，就是小说以后会不会死亡？小说的写作还有多少的可能性可以发掘？可是我发现即使无法回避这些现实问题，我也要坚定地写下去，直到有一天我可以理直气壮地和朋友承认，我靠写字吃饭。我喜欢的是文学本身，不是其他附属物。我喜欢我笔下趣味的叙述，当我将信心建立在文字的无限可能上，自然会对写作之途充满信心。到今天，随着小说写作日益边缘化，一个小说家若不虔敬于文字的无限可能，将目的寄托在其他任何角度，写作都有可能难以为继。

"尴尬的'70后'作家"

万　忆： 你的《天体悬浮》被评论家誉为"'70后'的心灵史"，我看是"成长史"更贴切些。你是20世纪70年代生人，自然而然地被划为"70后"作家。你对所谓"'70后'作家群"有什么看法？

田　耳： 我们这些"70后"作家，通常都被感叹是夹缝的一代、是失语的一代、是生不逢时的一代，甚至是集体埋没的一代，尚未真正发出声音，就已被来势汹汹的"80后"遮蔽。我觉得我们是尴尬的。

万　忆： 从创富的角度来说，"70后"是幸运的，赶上了炒股炒房几次机遇。但从创作的角度来说，你认为"70后"作家是尴尬的，主要原因是什么？

田　耳： 我觉得应该有两方面，一是"70后"作家恰巧和社会转型完全同步，"60后"在转型时已经成熟，面对转型，他们情绪稳定，并且一直以理想主义著称；而"80

后""90后"则是成长在社会完全转型后，理想主义并没有在他们脑中根深蒂固。唯独"70后"作家，有对理想的追求，但是没有"60后"那样完全的理想主义；有对物质的追求，但是没有"80后""90后"那样懂得享受。犹抱琵琶半遮面，物质和精神的追求都有，但又都不完全。第二就是"70后"成长期特别长——晚熟。由于在成长过程中社会长期不稳定，每天需要接受大量不确定的信息，往往是今天刚接受的信息明天就不再受用了。所以，"70后"一代人，处于理想、现实的夹缝状态，感受过物力维艰，传承了历次运动的理想余绪，马上又要面对现实社会的物质繁荣、产能过剩和实用主义的无限扩张。20世纪60年代出生的作家里，余华、苏童二十几岁就已成为同代作家中的扛鼎人物；而20世纪80年代出生的作家抛开了发表体系，直接从出版渠道获取影响力，韩寒、郭敬明等标志性人物的影响力已经超出文学范畴，足以成为同代人的形象代言。与之相比，"70后"作家整体的晚熟显而易见。

"'平权运动'下的文学真人秀"

万　忆：有个笑话，20世纪80年代，一个年轻人说自己爱好文学，会得到异性的垂青和爱慕，而现在，谁要说自己爱好文学，别人都当你疯了。这充分反映出当年的文学热到现在的文学冷现象，作家也从原来的青年导师沦落到了如今的边缘写手，你如何看待这三十年的文学走向？

田　耳：20世纪80年代作家走红和现在快男超女走红是一样的，

80年代前文学门槛很高，而80年代后对作家的要求降低，创作回归到文学本位，回归到对人性的关怀。80年代前的文章发表有严格的标准，而80年代后的写作和现在的电视选秀异曲同工，大家都有了发表作品的机会，老百姓也可以写自己的故事。80年代文学的鼎盛，是文学内在生长规律和外部环境因素双重作用的结果，后者甚至居于主导地位。80年代的文学是由"平权运动"引发的超常规发展，其后趋于平淡，才是对文学理性的回归。

万　忆： 鱼游水中，冷暖自知。作为一个"文学中年"，你觉得现在的文学环境会影响你创作的激情吗？

田　耳： 我可以感受到从20世纪80年代到现在，三十年间文学的冷热变化。可是不管是文学的冷热，还是作家的地位从中心到边缘，外界因素都不能阻挡我对文学执着的热爱。文学有冷有热，很多在乎文学外在东西的人，在文学衰落的时候便会退出，但是我喜欢的是文学本身，所以外界因素不能动摇我。即使是现在很多人都认为文学被边缘化了，我也从未这样认为过。

为失去耐心的读书人写好看的故事

万　忆： 作为一个以文为生的人，似乎应该手不释卷。而你曾经在一篇文章中提到，现在没有耐心读书，你觉得这是为什么？

田　耳： 20世纪80年代之前，我们借书看，也写写情书。因为那个时候我们没有现在的多媒体，我们不能看电视不能上网不能发短信不能聊微信，我们的精神需求只能从书里获得，感情只能用纸笔表达。但是现在，通过书本、广播、电视、网络、手机等各种渠道 接受的信息总量已经远远超出我们的需要，人对信息的处理能力，是个相对恒定的量，没达到这个量，人将处于饥饿状态，超出了这个量，人又无力完全消化。当代人接受信息量太大，本来就已经无力消化，而文学又需要读者有一个对文字系统解码的过程，现代人已经习惯了类似电视、网络这样可以让人通过声音、画面直观感受到信息的方式，感觉系统已经退化，不能将文学所表述的图像快速、准确地进行解码，直接导致了大家缺乏读书的兴趣和耐心。

万 忆：你自认为没有耐心读书，那么，你是如何做到让读者有耐心读你的书呢？

田 耳：我觉得怎么才能使人读书是对创作技巧的考虑。以前的写作都是以作家为中心，作家写什么，读者看什么。但是现在的模式就和过去截然不同，现在是以读者为中心，作家为了满足读者来调整自己的创作方式。我就是一个把笔作为谋生手段的说书人，我需要大家喜欢我的故事，买我的书，我也希望可以用我的文字让大家体会不同的人生，让大家对文学感兴趣。

"早已意识到自己是传统脑袋"

万 忆：我们前面也谈论了你对文学的一些理解和观点，加之你多年的写作经验，你对写作内容和创作技巧有什么心得？

田　耳：写什么和怎么写，长期以来都是文学圈中的"斯芬克斯之谜"，也在操作实践中成为传统写作和先锋写作的分野。然而我觉得大多数先锋写作的"先锋"并不是本性的发挥，他们只是将"先锋"作为一种选择，是"为了先锋而先锋"，这样"先锋"的质量就大打折扣。而先锋作家的纷纷转型，其实也说明了他们是被消费所控制的，只是为了迎合时代的需要。不过先锋与传统也是一对摇摆不定，甚至会相互转变的概念。莫言写作之初没被看成代表性的先锋作家，但随着声誉日隆，人们在他作品中解读出超越同代作家的先锋品质。更恰切的例子，是法国导演梅尔维尔的影响力日渐扩大，学者、影评家从他的电影语言里解读出比同代导演更能指引电影艺术发展，更具先锋精神的元素。而当同时期戈达尔、特吕弗掀起声势浩大的新浪潮运动，摆开了姿态搞先锋，梅尔维尔只是一板一眼拍着黑帮片。我在写作之初就已意识到自己只是传统脑袋，要在信息泛滥的时代写给丧失感觉的人们，就立志将小说写得好看。严肃的写作，也可以好看。除了情节之美，对小说内在规律的摸索和对小说发展的尝试，尽皆可以成为"好看"的因素。只有吸引读者看完一个小说，你的字里行间所有隐含的微言大义，才可能有效地传递出去。我就是典型的传统写作派，相对形式，我更重视我写的故事内容。形式固然重要，但是对我来说，形式是为内容服务的，我的目标是给我的读者讲述好的故事，让读者体会到别样的生活。

"宁繁毋略，宁下毋高，取悦读者"

万　忆： 我明白你的意思，现在的文学需要营销，既想自我表达，又要兼顾市场，只能在题材、风格上做些妥协。你觉得谁对你的这种创作态度影响比较大？

田　耳： 2012 年，作家金宇澄发表的长篇《繁花》，于我有榜样意义，我在杂志上初读《繁花》，对此作品，我有两点深刻的体会：一是更加认识到当下小说写作陷入落寞，写作者难觅读者这一事实；二是在失意怅惘中，仍坚信文字本身所具有的无限可能。我很喜欢金先生的一句话——"我的初衷，是做一个位置极低的说书人，'宁繁毋略，宁下毋高'，取悦我的读者"，对此说法我有极大的共鸣，因为我也是一个位置极低的说书人，我作为文学创作者，要把姿态放低来取悦我的读者。在写作技巧上，《繁花》把语言作为创作主体，用金先生自己的话说，他的是"苏州说书方式"，即"一件事带出另一件事，讲完张三讲李四。不说教，没主张；不美化也不补救人物形象，不提升'有意义'的内涵：位置放得很低，常常等于记录，讲口水故事、口水人——城市的另一个夹层，那些被疏忽的群落"。而且，《繁花》的内容和形式也做到很好地结合交融，用同一种腔调讲很多故事。

"严肃文学可以吸纳一切文学成分"

万　忆： 说到讲故事，很容易落入通俗文学的窠臼。我们一般说，通俗文学就是写故事，而严肃文学则是写人生、写社会。你是怎样理解的？

田　耳：我对通俗和严肃的看法与别人不大一样，很多人认为严肃就是高端大气上档次，要和通俗文学严加区分。这直接导致很多作家写所谓高雅的作品时，将通俗文学的手法、类型全部撇开，走一条看上去"极纯"的路子。我觉得如果你的语言达到一定的功力，你写什么内容都是严肃的小说。这也是我孜孜以求的方向。我力图找到叙述的语言、腔调和小说故事的最佳结合点，可以将通俗文学元素尽情地用进来。我从写作之初就沉溺于语言的淬炼，同时又不忌讳将小说写得尽量好看，吸引读者——这也是我曾多年从事职业撰稿且只能以稿费为生的权宜之计。因我是"推理控"，许多小说都引用破案情节，幸好整体的创作仍被评论家视为严肃文学予以观照，得以成为严肃文学杂志的撰稿人。这个亲身的经历，也使得我对严肃文学形成独特理解。在我看来，严肃文学的"严肃"，绝不是排斥通俗（类型）文学后的清高，它可以吸纳一切通俗（类型）文学的成分，各招各式皆可化为我用，然后依赖语言文字的路径，将其"提纯"，达到严肃（纯）文学的范畴。它可以更好看，因为在情节和故事之外，它拥有语言本身的优势，它所生成的与读者交流、沟通的能力，因为文字的无限可能而更胜一筹。我以为最好看的小说不一定重在情节，而是文字高拔、文字与情节共同构筑小说场域，才更能对读者形成不可思议的召唤和魅惑。

万　忆：可是许多人对比金庸和二月河，两人的作品都有很宏大的历史背景，金庸就只是写故事，而二月河却能用故事诉说家国情怀，两相比较，二月河的作品就是严肃文学，而金庸的作品即使人为地将其提升到严肃作品的高度，也无法通过文学批评对严肃作品的检验。不过确实，读过你的作品就可以感受到，你的故事就是用通俗的形式来表现严肃的问题，你把严肃内容和通俗形式很好地进行结合，正如你自己的定位，你的小说还是属于严肃（传统）文学的范畴。

"自由的创作环境让人清醒"

万　忆：关于中国当代文坛的整体创作环境，你有什么看法？

田　耳：其实我觉得现在是个创作相对自由的环境，你可以随意写，发表也相对容易，每个人都有可能当作家，而且发表渠道增多了，有那么多杂志。只是，看的人可能比写的人还少，没有影响。其实在没人关注的时候写作，更需要技巧，没有一夜爆红的可能，没有一举成名的可能，你会更潜心技巧，琢磨怎么写。现在有很多很好的作品，但没有影响，从文学史的角度来看也不重要。钱锺书就曾以"美"与"重要"划分文学作品，在文学鼎盛的时期，很多作品重要，但不美；而现在，很多作品其实写得非常好，但没有任何影响，更谈不上重要。有很多人不适应现在的环境，怀念过去文学的时代，一篇小说发表就能改变一辈子。但我是很享受现在的环境，这个环境让我冷静，在这个环境里，我可以活得很随性，让我知道自己是谁，让我再怎么写也不把自己作品太当一回事，让我一个劲想写出更好的作品。

"我的探索和实践一直在路上"

万　忆： 你对自己未来的创作之路有什么想法？

田　耳： 写作者都想穷尽毕生才华写出最好的作品，但对这个作品的到来，又抱有恐惧心态，因为那将是写作的终结。作家心向终点，却沉迷于过程，我身在这个过程里，看不到结局。于文学而言，当下既不是最好的时代，也不是最坏的时代。它只是处在一个冷静而正常发展的阶段，富含无数可能性，留给创作者无比巨大的空间。对未来的写作之路，我想说，只要文学不死，我的探索和实践就一直在路上。

非传统作家的诞生

幼年时，爷爷是说书人，幼年的他跟着爷爷听《水浒传》，讲《水浒传》。童年时，爸爸是教改领头人，童年的他跟着爸爸编童话，写童话。现在，他把自己也定义为一个"卑微"的说书人，他没有传统作家的名校科班训练和名著熏陶感染，他只是持守着理想，不断创作，笃定前行，一路积累，一路收获。

创作启蒙篇

万　忆： 刚刚讲述了你对创作的思考，现在我们来谈一谈你是怎么走上创作之路的？

田　耳：汪政曾经评价我是"风蚀地带的说书人"，其实，不仅仅我是说书人，我爷爷也是说书人，我爷爷在村里给村民讲《水浒传》。由于经常听书，加之讲的次数实在是太多了，村民已经不在乎内容的新旧，他们更加注重细节，经常非常认真地听是否有哪个细节讲错了。在场听书的还有很多小孩子，小孩子常常同家人一起来听，自然也会记住一些，所以爷爷总会讲到一半就停下来，让在场的小孩继续讲下去，看看大家是否能记得故事的内容和细节。当时我是孩子中讲得最好的。这给了我很大的成就感和快感。

万　忆：所以说这就是你最初的创作练习，锻炼你的记忆力和口头表达能力，表达能力好了才能以我手写我心。除了爷爷的影响，你在上学之后，有受过一些什么写作的启蒙教育或者系统训练吗？

田　耳：我有一个弟弟，因为在家要哄他，我就编各种各样的童话说给他听，弟弟很喜欢这些故事，偶然一次，我爸听到了这些故事，也很喜欢。那时我上小学一年级，刚好教改成风，我爸又是教育局分管实验班的领导。本来当时是找不到具体教改方案的，但是通过我的童话，爸爸对教改就有了想法，决定以童话为突破口来进行实验班的教学，教改名称是"童话引路提前读写"。那时我们实验班很火，四十五人的班级有三十九人都在省级以上报刊发表了文章，以至于到了四年级，我们班级有半年的时间不能正常上课，因为电视台的记者经常要过来采访。

万　忆：当时你有没有发表过文章？

田　耳：发表过三篇文章，第一篇是 1988 年发表的，那个时候我十二岁，读四年级，那是一个命题童话，题目是《猴子种桃树》，发表在《少年作文辅导》上，对此很深的印象就是当时稿费是七块钱。

万　忆：小学毕业了之后，你是继续进行积累，还是就已经开始有创作的火花了？

田　耳：小学毕业之后，还是继续进行积累。而且因为读小学时，学校、老师、社会都太关注我们实验班，进入初中，没有了那些关注和管教，大家学习主动性不够，我们小学实验班同学的成绩整体下降。有一次和我爸聊天的时候，我爸说，其实从长远来看，你们小学实验班并不是一个成功的实验。

万　忆：尽管在表象上看你小学实验班的实验是失败的，但是由于小学实验班长期的写作训练，中国文坛出现了像你这样年纪轻轻就能够拿下台湾联合文学奖、鲁迅文学奖等文学大奖的优秀创作人才，所以无论是从旁观者的角度，还是从中国文学发展的角度来讲，这个实验班都是成功的。

创作积累篇

万　忆：你上了中学之后，学习成绩可能不尽如人意，那写作方

研究・思考

187

面呢?

田　耳：我考初中的时候，除了几个去吉首市里读初中的同学，我是以凤凰县第一名的成绩考进初中的，所以在班级担任学习委员，但是在担任学习委员的过程中，有一件事情改变了我的命运。那时班级有很多体育生，这些体育生既不做作业，也不交作业。可是老师就一定要让我去收他们的作业，而且可能是受到当时社会上戾气的影响——我收不上来老师就会打我耳光，差几个人的作业，就打几个耳光。因为这件事情，我变得很消极，不喜欢学习。但是尽管不喜欢学习，还是会一直保持阅读的习惯。

万　忆：也就是说整个中学过程对你文学造诣的主要贡献，就是扩大了你的阅读量。

田　耳：可以这样讲。高中我就离开了凤凰县，来到吉首市。高二我选择了文科班，开始读一些文学创作杂志，比如《阅读与写作》《青少年笔记》。当时有一些同学开始在杂志上发表文章，我也希望能有文章发表，其原因除了对文学的热爱，还有就是我语文老师一直对我有偏见，想把我赶回凤凰县读高中，幸好我外公和我就读高中的校长是同学，我才能继续留在吉首市的学校里。我希望能够通过发表文章改变语文老师对我的印象。那时觉得写小说很难，写诗和散文还要相对容易一些，于是我就开始写诗，可是也没能发表。但是没能发表文章也没能改变我的阅读习惯。从 1992 年开始，我就开始读《小说月报》。除此之外，我读过很多遍《水浒传》。

万　忆：为什么只看《水浒传》？《水浒传》对你的文学创作有
　　　　影响吗？

田　耳：可能是由于从小听爷爷讲古，我对《水浒传》有着特殊
　　　　的感情。至于《水浒传》对我创作的影响，我自己并没
　　　　有过多的感觉，但是有一些文学评论员确实认为我的文
　　　　章中有《水浒传》的影子，尤其是在人物性格描写上，
　　　　我创作的人物，性格都比较有边野之民的彪悍，处理问
　　　　题的方式也都比较直率。

万　忆：大学对你创作的影响是什么？

田　耳：我没有考上大学，我爸让我复读，可是我对读书真的是
　　　　没兴趣，于是也没有重读，就直接读了湘西州电大，拿
　　　　汉语言文学的文凭。在电大的时候，我周围也有很多文
　　　　学爱好者，我们当时最经常做的事情就是接龙写作，很
　　　　多人一起写一部小说，每个人根据自己的想法写一段。
　　　　至于说电大对我文学创作的贡献，应该是使我仍然保持
　　　　着一定的阅读量，比如说，1992—1997 年间，我都一
　　　　期都不落地看《小说月报》。

万　忆：只看《小说月报》？你从来没有进行过系统的经典阅读
　　　　吗？那你是如何学习创作手法的？

田　耳：我确实没有系统的阅读过经典著作，也没有人给我开书
　　　　单，只是偶尔会看外国名著，印象深刻的就是《百年孤
　　　　独》，不是借的，是自己花钱买的。开始我没有想到从

事文学创作，就是很喜欢看书，刚开始看的时候，觉得每一篇都很好，到后来就觉得能看出一些写作手法和写作技巧，再后来就能明显地感受到哪些文章内容不够充实、技巧不够娴熟，想如果自己写可以比他写得更好。

万　忆：那你这个时候有没有把作家当作你的一个职业理想？

田　耳：现在写访谈，对方总愿意把我写成一个坚守理想的人，我不是没有理想，但也没有像你们想象的那么有理想。我是意外拿奖，意外走到今天。当然，不拿奖可能早就不能专业写作了，只能当成业余爱好。我二十三岁开始写小说，根本不知道自己能当作家，一直以为一辈子会在吉首这个小城市做生意混饭吃。我一直觉得理想是个奇怪的东西，因为前几辈人抬得太高，搞得我们反感。我有的时候也在想，即使我没什么理想，但是理想肯定是个好东西。所以心态就很重要，我不懂理想究竟是什么，但是我还是很敬重理想。

创作收获篇

万　忆：所以说20世纪90年代是你创作的准备时期。我大致总结了一下，你的文学创作过程主要有两个亮点，第一，你是经历了三个阶段才开始进行创作的：外行看热闹，内行看门道，最后看不足。能找到别人写作的不足，觉得自己可以写得更好，是你文学创作的初始冲动。第二就是你不执着于阅读名著，不照猫画虎。

田　耳：是的。我1998年开始创作自己的第一部短篇小说。1999年毕业了想去当老师，但是当老师需要先交两三万去教师进修学校进修，由于顾虑可能进修完了也就只能去乡里做教师，不能回到县城，就决定不去进修了，去帮我舅舅养鸡。我去养鸡是单纯地觉得养鸡是一件很有趣的事情，可是真正开始了养鸡生活，才发现我自己除了抓老鼠这些小事，基本没有什么事情做，于是又拿起笔进行创作。开始写自己暗恋的一个女生，写过之后发现写长篇小说写不好，于是就改成中短篇的写作。那时写作也没想过发表，直到有一次把文章给一个当地小有名气的书法家朋友看，他看了很喜欢，就把我的文章推荐给杂志《神地》，我就交了两千块（这钱是我妈赞助的）在《神地》上发表了三篇文章。文章发表后，我兴奋得不行，就找了当时比较好的饭店，请同学吃饭，来的同学坐了两桌，花了八百块。席间我把发表我文章的杂志分发给来吃饭的同学，同学们听说了我这样（花钱）发表文章，都说"你是不是脑子坏掉了"，被他们说得我当晚就清醒过来，确实，我不能这样发文章。然后就到了 2000 年，由于还是没什么事情做，我就去吉首市里卖空调，当时空调只是在夏天比较实用，冬天基本用不到（因为不能吹暖风），所以效益不好，大多数时间我都是去要账，我实在不喜欢这种生活。刚好我也发表了几篇文章，我就以此为借口，决定不干了，正式走文学的道路。不过那时的文学道路走得特别不顺，一年就只能发一两篇。2004 年，我到长沙培训，正好在写《你痒吗》，主人公是以我舅舅的一个司机为原型的。我的写作特点基本就在这篇小说中建立起来了，后来这篇小说发在杂志《钟山》上。

万　忆： 你的写作特点是什么？

田　耳： 我的创作特点是很高程度地借助民间语言，调侃的成分比较多，什么都不排斥，对文字各种可能性都进行探索，希望能让读者看完我的书。因为我要依靠稿费来生存。我希望文学能成为我生存的手段。

万　忆： 通过取悦读者来生存，然后通过物质来满足你创作的追求。

田　耳： 那个时候我已经二十八岁了，我要生存，而且不是靠啃老生存。笔是我生存的一个手段，如果我真的写不下去了，那我就要去干别的谋生。所以当时有很多同学还是不支持，觉得我是走在一条不归路上。

万　忆： 从《你痒吗》这篇文章开始，你就有较多文章发表了，是吗？

田　耳： 对，《你痒吗》这篇小说开始我投了几家杂志都没有人发，因为我那个时候名气不够大，没什么噱头可赚。后来我就直接投到了《人民文学》和《收获》，并且同时得到了两家杂志的回复。两家杂志都表示：《你痒吗》这篇小说因为内容的问题不能进行发表，但是他们对我写的故事感兴趣，要我把其他的文章寄给他们两家杂志社。之后《人民文学》发表了《狗日的狗》，《收获》发表了《衣钵》。

万　忆： 我发现你特别善于观察生活和社会，而且你写小说从来不指向自己本人，就像《你痒吗》《一个人张灯结彩》中你都是用精致的细节来刻画别人的生活和经历。

田　耳：2006 年上海作协秘书长打电话邀请我去读上海作家研究生班，这个研究生班在全国挑了二十个青年作家去培训，食宿全免，一年还能赚二至三万元，于是我就去了。就在这一年，我创作了《一个人张灯结彩》。《一个人张灯结彩》创作初期是短篇，后来为了在《人民文学》发表，就把这篇小说扩成了中篇。《一个人张灯结彩》主人公的原型，是我 2004 年遇见的，那年我去六盘水走访一个亲戚，亲戚家有一个哑巴对我很热情，我俩很快就熟络起来，后来几乎是形影不离。我离开六盘水的时候，因为怕他接受不了，甚至没敢告诉他我要走的消息。我觉得一个聋哑人对感情的需要是我们正常人无法理解的，回到家我就把男哑巴的角色转换成了女性，创作了一个女哑巴和男流氓的故事。

万　忆：从你 2000 年开始发表第一部作品，到 2007 年《一个人张灯结彩》获得鲁迅文学奖，这是对你写作事业的一个极大的肯定。

田　耳：其实也挺意外的，申报奖项的时候我在上海读书，申报奖项要很多证件，因为那些证件都在家，我就没有申报。正值假期，周围很多同学都回家了，老师看我没工作，就帮我找点活干。那份工作是让我去写上海特奥会开幕式。结果几天下来一个人都没采访成功，我就想走了，但是如果走了，我又没有钱还人家，就想赶紧找钱

研究·思考

193

还钱，离开上海。我的鲁迅文学奖是《人民文学》直接
推的。当时接到电话说我得了鲁迅文学奖，我也没有很
兴奋，就觉得长舒了一口气，终于可以把钱还上了。

万　忆：看过《一个人张灯结彩》的人，包括一些作家，都觉得
这部作品里满是寂寞和孤单，你觉得你是一个孤单的
人吗？

田　耳：我只是体会到孤独是人存在的一种本质。我身边，很多
人已经失去了独自待在屋里的能力，必须随时邀伴随时
扎堆，他们认为我孤独，因为我喜欢一个人待着，其实
没能力独自相处的人，才最孤独。

万　忆：你没有类似的生活经历，为什么喜欢写和警察有关的
小说？

田　耳：我从小就喜欢看侦探小说，尤其是松本清张的小说，对
我影响很大。我也曾有一段时间在派出所兼职编一本
小刊物。那段经历对我来说确实也是难能可贵的。另
外，带有侦探推理情节的小说，可读性较强，也较容
易发表，我就是靠写字吃饭的，什么容易发表，我就写
什么。

万　忆：就是说你在创作中更注重作品的可读性。

田　耳：是的。现在有一个奇怪的现象，就是很多作家，都有一
个心照不宣的想法，似乎小说一旦要上档次，就得"不
好看"。我真不赞同这个观点。不好看别人干吗要看你
的书？我觉得真正好的作品其实都是好看的，好小说不

管故事讲得怎样，都要有一种奇妙的力量拽着你非读完
不可。我也不怕我写好看了别人觉得我通俗。文学是有
供人们消遣这种功能的。

万　忆：你对下一步的创作有什么想法？

田　耳：《天体悬浮》马上要出版单行本了，这让我觉得自己可
以把握长篇小说了。所以以后可能多写一些长篇吧，也
说不定。主要的还是创作出读者喜欢的作品。

观点

笔锋锐化成背景，经历氤氲成光环。田耳用他传统的创作手
法、严肃的创作内容丰富了每一位读者的精神世界。然而，在
他创作的众多不同故事背后，也隐藏着自己真实的成长历程。
他从来都是以一个旁观者的角度进行叙述，但是他的成长、创
作历程，却贯穿了他叙述的始终。第四届鲁迅文学奖对田耳作
品《一个人张灯结彩》的颁奖词中，有这样一句话，"理想的持
守在心灵的寂寞中散发着人性的温情"，这不仅是对作品中孤独
地坚持理想的警察老黄的评价，这更是对田耳的赞誉，赞誉这
个非传统诞生的作家对传统创作手法的坚守。

（万亿　孙锦卉）

研究·思考

195

对话潘灵：用故事告诉你一个不一样的云南

本篇独家访谈，将带您了解一个在行进中寻找自我的孤独作家，了解他写作道路上的四次转型，了解他的文学创作对云南本土文化的传播。

对话名家

潘灵，布依族，1966 年生，云南巧家人。曾任云南省人民出版社文艺编辑部主任和云南出版集团出版印刷工作部副部长，曾参与创办大型文学双月刊《大家》杂志。先后获得国家"五个一工程"奖、国家图书奖、中国图书奖，是云南省获得这三个国家级奖项的第一人。同时作为中国作协会员、中国少数民族作家协会副秘书长，潘灵先后在《十月》《大家》《钟山》《芙蓉》《读者》等有影响力的刊物发表中短篇小说六十余篇。出版有《血恋》《情逝》《红风筝》《香格里拉》《半路上的青春》等八部长篇小说和中篇小说集《风吹雪》。2006 年到 2008 年潘灵在中共保山市委宣传部挂职体验生活，任副部长，在这期间创作了《翡暖翠寒》《泥太阳》《市信访局长》三部长篇。其中，《翡暖翠寒》一书被改编成四十集电视连续剧《翡翠凤凰》。《泥太阳》先后获得了云南省优秀精品工程奖、云南省政府文学奖一等奖，入选"阅读中国当代文学精品"书目，入选中华人民共和国成立以来"500 部优秀长篇小说"，2012 年荣获中国作协第十届全国少数民族文学创作骏马奖。2014 年，中篇小说《一个人和村庄》获第六届鲁迅文学奖提名。2008 年 10 月调到《边疆文学》编辑部任执行总编辑、编审，2009 年任总编辑、编审至今。2009 年被评为全国宣传文化系统"四个一批"人才，享受国务院颁发的政府特殊津贴。

用故事传播云南本土文化

在挂职体验中找到"回归"

万　忆： 你的三部重要的长篇《翡暖翠寒》《泥太阳》《市信访局长》都是你在挂职期间创作的。挂职也是作者体验生活的一种方式，谈谈你的挂职生活？

潘　灵： 我是 2006 年去保山挂职的，那年我正好四十岁。当时是一个偶然的机会，云南省委把我派到云南保山市宣传部挂职，去体验生活。当时著名导演田壮壮来了云南，他说到普洱茶的时候，跟当时的云南省委副书记丹增说："你搞普洱茶不能只靠电视、电影，还要靠作家，你应该请人写长篇小说。"当时我被请去和田壮壮一起喝普洱茶，丹增书记就说："好啊，现成的作家就在这啊。"并且马上又说："西双版纳的勐海是普洱茶的重要产地，就让潘灵到那儿去挂职。"大家都说去勐

研究·思考

海好。丹增书记就跟我说："那你去勐海当县委副书记吧。"这个事情说了一个星期后，我都觉得是开玩笑的。后面书记的秘书就问了："潘灵你的报告怎么还没打上来？"我说："书记是不是开玩笑的？""书记的话怎么会开玩笑？"我就写了那个报告，要求去挂职的报告。当时正在改革，就是县委副书记只留一个专职副书记，还有就是县长兼副书记，那就不行啊，去不了。在这个时候，我去不了，挂职的事情就放下了。最后，时任中共保山市委书记的熊清华听说了这个事，就对丹增书记说："书记，你就让他来保山吧。"当时保山的市委熊书记认识我，对我的创作有所了解，他就跟丹增书记说："你别听潘灵忽悠你，他哪懂什么普洱茶？他懂的是翡翠。"事实上我对普洱茶是真的懂的，我当年写过很多普洱茶的文章，而且在普洱茶文化界还是有点名气的。但是我对翡翠却知之甚少，对玉石文化一无所知，但是这个市委书记他求才心切，就跟丹增书记说我懂，丹增书记想反正到哪都是挂职，都是写云南，就说好啊。我就这样去了保山。

万 忆：挂职的经历带给了你什么影响，能让你写出像《翡暖翠寒》《泥太阳》这样充满区域文化特色的长篇小说？

潘 灵：我在四十岁这一年去挂职，去了以后我才发现，作为生活在云南的作家，我们却忽视了云南这片生养我们的土地。云南是一个边疆省份，生活在这里的文化人事实上都因为地理的因素在文化上认为自己是边缘的，有潜在的自卑感。作为一个力图想让自己文字产生更大影响的作家，我在挂职之前的目光都是向外的，就是那种抬着头仰望着外面的样子。我突然发现我把最重要的东西给忽略了，忽略了自己最熟悉的大地、最熟悉的生活，也就是忽略了自己脚下的大地。我才发现，四十岁后的我，不是要抬头看外面，而是要俯下身子去关注脚下这片坚实的大地。我的写作——后来我用了一个词叫回归，回归到哪里呢，回归到我最熟悉的生活里面，回归到我最熟悉的土地里面，熟悉的文化里面，然后在其中汲取创作的营养。

万　忆：所以你是在挂职期间发现了过去自己的文学创作道路走偏了，需要回归，才创作了《翡暖翠寒》，回归到云南，回归到故乡，开始用自己的故事来传播云南的本土文化。

潘　灵：是的。当时我挂职的保山，下面有个县叫腾冲县（现腾冲市）。腾冲那个地方有什么？有翡翠、有边地文化，还有抗战文化，当时我就一心想把这三种文化联系起来去写一个东西，后面就写了《翡暖翠寒》。本来我打算写个百万字左右的东西，但是身不由己，挂职对作家来说最负面的就是不允许你慢下来去沉淀、去思索，人家是要吹糠见米的。当时我去挂职的时候，保山市委对我是有期望的，期望要迅速拿出东西来，所以我要迅速拿出我的东西，一个是要向省委交代，一个要向市委交代，所以我这个小说就不容许我写这么长，也不容许我写得那么慢。我只能现炒热卖。我写完这个小说，后面《十月》杂志发表了，最后也被改编成电视剧了，二十八个省台都热播了。这个小说改编成影视剧以后，我在社会上有了一点名气，原来我是在圈内有人知道，圈外不知道，现在圈内外都知道了，然后我的生活也就被影响了，现在州市的领导来昆明，谈到文化产业，谈到文学，谈到影视，就会提到我，就会说把潘灵叫过来。我是个不太懂得拒绝的人，人家打个电话我就屁颠屁颠地去了。这就影响了我的个人生活，老婆女儿为此意见一大堆。

万　忆：《翡暖翠寒》出来之后，你的《泥太阳》没多久又出来了。从对区域文化的关注到对农村的关注，这种转变的过程是怎样的呢？

潘　灵： 我去保山待了一年，当时挂职的时限也是一年。但是后来因为《翡暖翠寒》出来了，保山市委认为上面派来的这个人还是很能干的，特别是市委的熊书记，很器重我。他征求我的意见，能否再在保山干一年，再为保山写点东西？我当时也喜欢上了这个地方，觉得这地方有素材、有故事，就同意了。后来，他向省委领导请示，让我再挂职一年，省委领导也同意了。熊书记留我下来的用意是要我写写保山的新农村建设。我来自农村，对农村有一种天然的感情。但说真的，离开农村二十多年了，对当下农村是不了解的。书记说新农村，我就说农村现在不都是老的吗？农村天天都在老去啊。他说不是，现在我们在搞新农村建设，农村变化是巨大的。写农村，是我这个农民的儿子的本分；写新农村，是我这个离开农村太久的"农转非"写作者面临的一个挑战。我记得，接下这个任务时，我是兴奋的，我那天晚上喝了个大醉。第二天醒过来，在我上班的市委大院里，传来阵阵锣鼓声。谁在市委大院里敲锣打鼓？我出门一看，是送百名新农村指导员去村子里搞新农村建设。因为去村一级，派去的都是年轻人，大都二十来岁，我看他们那个稚嫩的脸，要去搞农村工作，他们怎么搞啊？我当时就有点蒙了，我心想这些乳臭未干的毛头小子能搞好新农村建设吗？我当时灵机一动，我为何不从这些毛头小子入手，通过写新农村指导员来展现新农村建设呢？《泥太阳》这个长篇小说的缘起就是这么来的。到目前为止，文学界和文学评论界都把这个小说看作我长篇创作中最重要的作品，这个小说让我获得了很多奖，全国少数民族骏马奖、云南省精品工程奖、云南省政府文学奖一等奖等，还被列为中华人民共和国成立以来五百部经典长篇之一。

万　忆：那你是怎样写农村的？用什么创作手法？

潘　灵：我发现，写农村还是用白描的手法好。也就是用一种极为朴实的语言，褪尽铅华、不做修饰、素面朝天地去写。这个传统中国前辈作家，诸如赵树理等，早就做出了榜样。我认为，我做出的选择是对的。《泥太阳》这样一本写农村的小说，人民文学出版社印了三万册，都卖完了，现在我找这个书都找不到了。这本书我是用心写的，尽管这本书在今天来看，它有它的缺陷，它的缺陷在于它还不够深刻，展现的矛盾冲突也还不够激烈。但是我写得很真诚，我在书里面写的故事，是生活中鲜活的故事，人物都是小人物，没有往高、大、上去靠。这本书我最满意的是，我选择了一个重要的角度，那就是揭示了农民精神的贫困，要建设一个新农村，仅仅是把墙给刷白了，把路面硬化了，引进一点产业，办了点企业，就以为是新农村了，我是不同意的。农村要变新，重要的就一定是要重塑农村乡村精神，农民现在最严峻的问题事实上是精神缺失的问题，农民处于社会的最底层，多年来精神上是自卑的，"手捏锄头把，犯法也不怕"。如果不解决精神上"趴着"的状态，这个新农村，我认为就是不存在的，就是一厢情愿的。所以当时这本书出来以后，文学界还是很重视的，中国作协和云南省委宣传部、保山市委、云南省作家协会在北京搞了一个研讨会，规格很高，还上了云南新闻，中国国际广播电台还对我进行了专访。

万　忆：挂职体验除了让你回归到本土之外，还让你有其他什么收获吗？

潘　灵：当时在写完《翡暖翠寒》《泥太阳》之后，我就觉得我可能会在这条路上一直走下去。但是后来我发现，对我来说，这条路还是不通。作为一个作家，一定要有独立精神，我觉得我的写作还得调整方向，所以我说我现在是一个在行进中还没有找到自我的这么一个作家，挂职的后期，我写了《市信访局长》这么一个小长篇，听名字像官场小说，但事实上跟官场小说没关系，是一个批判现实主义的作品，这个书卖得很不错，但却在文学界没产生什么影响。现在我都很纳闷。如果说我过去的创作走偏了的话，我后面所做的努力都是为了纠偏。一个作家不能仅靠挂职体验这种方式来写作。真正的写作还是必须要回到"根"上去，回归故土，回到儿时记忆。所以，前段时间我花了很长的时间，回到故乡，面对日益空心化的乡村，我写了《一个人和村庄》。这是一个中篇小说，反响很不错，《新华文摘》也转了，《小说月报》也转了。评论家们对它的评价也不错，认为我不仅写出了中国农村的空心化的问题，还写出了乡愁。《一个人和村庄》讲了这样一个故事：一个只剩下一个牧羊人的村庄，他领着一群羊，把所有的羊都取上乡亲的名字，在一个风雪交加的夜晚，搞了一个春节联欢晚会。

在挣脱孤独中进行文学创作

万　忆： 对区域文化、传统文化的关注，使你的创作充满了文化的意味，在你看来，这文化意味着什么？

潘　灵： 事实上，我们的物质生活比旁边的缅甸、老挝等国家要丰富得多，但是我们的百姓却活得并不比人家幸福，为什么呢？我们不满足，我们的内心被日益膨胀的欲望搞得不得安宁。文化这个东西，在今天我们总把它挂在嘴边，每天都在讲。但我们许多谈文化的人却是真的不懂文化。什么是文化？文化是让你找到归属感的东西。如果你的内心没有归属感，你就会像浮萍一样，没有根，没有认同感。我觉得这个很可怕。所以现在我就思考，对我们这样的作家来说，写多写少无所谓，但是一定要写自己内心深处的东西。我过去的写作，就像是一种被迫式的写作，仿佛有人在推着我。

万　忆：我总结一点，过去你的写作基本上都是"被迫"的，刚开始是被金钱所迫，后面是被组织和上级所迫，现在是要听从自己的内心来进行写作。

潘　灵：不完全是这个意思。有时，这种所谓被迫，是自己对自己的强迫。现在我有时回头去，发现我总在力图挣脱什么，过去是为了挣脱贫困，现在是想挣脱名利带来的负累。写作应该是纯粹的，我需要独立的精神。作为作家，更多的还是要带着批判的精神介入现实社会。写作，注定是个人的事情，是个人行为，而非组织行为。所以，写作必然是孤独的。

万　忆：作为一个成功的作家，你的生活应该是很充实的。你的孤独感来自哪里呢？

潘　灵：你可能还不知道我的族别身份吧？我是布依族。但时至今日我这个云南最有文学影响的布依族作家，却不知道布依族是怎么回事，它的文化、它的习俗。过去，我们被划归壮族，而我们的父辈固执地把自己当成仲家人，仲家该归为壮族还是布依族，据我所知，民族学界对此还莫衷一是。这让我找不到归属感，在人群中我总觉得自己是孤单的。告诉你一件啼笑皆非的事，前段时间，我回老家发现，我父母的身份证民族一栏填的竟然都是壮族，而他们养的六个女儿，身份证上却是布依族。你说是不是有点不可思议？这个话题说起来就太长了。你是谁？从哪里来？我不断地问我自己，却找不到答案。谁也不能给我这个答案。你说我孤不孤独？我觉得我孤独得有些无助。我是在汉族地区长大的，但从小就有这样一个意识：我跟那些汉族孩子们有那么一点点不同。但我现在说的是汉语，用汉语写作，对自己的民族和文化几近于一个白痴。

处于困境中的少数民族作家

万　忆： 你说你的孤独感主要来自你是一个少数民族作家，而缺失了民族的语言和生活，你觉得少数民族作家和汉族作家有什么区别吗？

潘　灵： 现在我们文学面临着一个困境，特别是我们少数民族作家面临的困境，事实上很多时候是那种很尴尬的困境。在美国乔治—华盛顿大学访学的时候，他们问我："你们少数民族是不是生活在一个汉族的世界里面？你们是不是也像美国的少数族裔作家一样面临着困境？"我说："我给你们举个例子，有一个布依族青年，来到省城打工，他很勤奋，赚了点钱，有人就在城市里面给他介绍对象，两个人相约到一个咖啡馆去喝咖啡，喝完咖啡以后想到对面的餐馆吃饭，两个人对上眼了，然后男的就急于去订座位，还是红灯他就过去，所有的车都刹车了，然后那个女的看到他闯红灯这样过去，她就想一个男的连红灯都敢闯，他什么事情不敢做啊，这样的男人不能要，就跟他分手了。第二次，又有人给他介绍对象，他又去了，还是在那家咖啡馆，最后还是到对面那家餐厅吃饭，这一次这个布依族的青年吸取教训，看见红灯就规规矩矩站在那，那个红灯时间很长，那个女的不耐烦，看见没什么车，就直接走过去了，过去之后就跟这个男孩子分手了。她觉得一个男人连红灯都不敢闯，还能干什么事情？——我们现在面临着这样的困境。"我们现在是大踏步地融入汉民族文化里面去，在所谓的主流文化里去写作呢？还是去寻根，回到自己的民族文化里面去？

万　忆：你觉得少数民族作家应该如何来摆脱你所说的这种困境？

潘　灵：作为少数民族作家，不能像我这样，他一定要懂本民族的历史，一定要在汉民族的文学和自己民族的文学中，找到差异性和不可替代性。我觉得写出这个差异性，他就会成功，这是我现在一直在思考的一个问题。这个差异性在哪呢？我曾经看过我们云南的一个作家写的一个东西，当时我觉得它就是体现差异性非常好的一个东西。这个故事是什么故事呢，我们那个怒江，那个大峡谷，是世界第二大峡谷，怒江住着几个民族，傈僳族、怒族、藏族等。在怒江峡谷，好几个地方都是民族杂居。有一天一头发情的公牛追逐一头母牛交配，那个山势实在太陡峭了，当公牛腿搭到母牛身上，双双滚下山去了，两头牛都摔死了。摔死之后，两家为此吵得不可开交，差点大动干戈，要刀枪相见。你说这个在汉民族的文学作品当中故事要怎样发展下去？它只能发展，最后找警察、找调解。少数民族的文学怎么来解决这个问题？那个少数民族作家是这样写的：这个时候一个怒族老大爷叼着烟斗过来，他看到这两家人要打架了，他说："哎呀，你们好不好意思？这两头牛他们是因为爱而死的，你们却要因为恨而活在这个世界上，你们好好想一下，值不值得呀？"就这样，架就被劝开了，然后两家把那两头牛皮刮了，肉割下来分了，回家去了，化干戈为玉帛。在这样的故事中，你看是很简单的故事。少数民族的这种思维方式也好，行为方式也好，事实上他能够给这个已经显得老气横秋的汉族的文学增加一点鲜活的东西，找到另外一个可能，它不仅是一个补充的问题。

少数民族文学具有非常鲜活的东西

万　忆：你刚刚说的少数民族文学，你觉得它跟汉族文学最大的不同是在内容上的差异还是在表达方式上的差异？

潘　灵：我觉得二者都有很大的差异，第一个在内容上肯定是有差异的，少数民族肯定是一个受中原文化影响相对较少的，受这个所谓的几种文化儒家文化、封建文化影响也是相对较少，那么在这里面可能我们就更能够找到一种所谓生命的原生态的东西，还有一种呢，可能更容易找

研究·思考

207

到一种接近人本身的东西。另外一个，少数民族的表达
方式，跟汉民族也有区别，少数民族在语言表达方式
上，特别是在利用汉语来表达时，肯定没有中原那些汉
族作家圆润、熟练。但那种看似笨拙的、模糊的，甚至
在语法上不通的表达，会给他的作品带来另外一种文学
气象。

万　忆： 你觉得少数民族作家应该如何在作品中展现本民族的这
种鲜活的东西？作为一个云南的本土作家，应该如何传
达云南这个地方特有的鲜活的东西？

潘　灵： 小说是要讲故事的，但小说肯定不能只停留在讲故事的
层面。我过去一直以为，小说之所以是小说，而不是大
说，是因为小说是从小处入手，而从小处入手一定是从
细节入手，细节决定成败。要对宏大叙事进行一个"反
动"。我觉得宏大叙事对真正的文学是有很大伤害的。
文学要回到人性上去，应该更多的转向人的心灵内部。
所以我现在感觉到一个问题——可能这个问题不光是在
我们云南存在，在全国都存在——现在我们的党委、政
府抓文化的同时，都在下力气抓文学，都试图将文学向
文化产业转化。他们的热情和投入都是应该肯定的，但
文学不是产业，文学是事业。文学当然也是我必须用整
个人生来投入的事业。我是云南人，书写云南是理所当
然的事。我总是太多地在这样那样的会上听这样那样的
专家和领导给我灌输，说云南是文学的富矿，有写不
完的素材和题材。他们张口闭口就是庄蹻开滇、茶马古

道、滇越铁路、护国运动，还有远征军、驼峰航线、西南联大、陆军讲武堂诸如此类，统统都是大题材。这些题材对作家当然是非常诱惑的，他们都是历史上的大事件。但我固执地认为，小说不是从事件出发的，小说一定是从人和人性、人的命运出发的，小说要揭示的是人的精神、人的命运和人性的光辉，小说是关于人和人类命运的艺术，而不是事件。为什么我们今天的云南作家写不好西南联大，就是我们的思想跟那代人比还有很大的差距。我们事实上是在仰视那代人，我们连平视都不敢，在这样的情况下，我们要写好那代人当然是不可能的。

云南有丰富的民族文化，丰富到乱花迷眼。二十五个少数民族在这块土地上都创造了瑰丽的文化，但你要真的走进这些文化深处，找到这些文化密码，谈何容易？许多作家没有掂量自己的才情，必然迷失在这神秘的边地和多彩的文化中，无法走出来。说句不该说的话，他们被这种丰富性给湮没了。

云南文学的两个时代

万　忆：云南是我国一个非常具有民族特色的省份，在外界看来云南是一个民族风情浓厚、民族和谐团结的彩云之南的形象。云南的这种形象是怎么建立起来的？云南本土作家在传播云南文化，建立云南的这种彩云之南形象的过程中发挥着什么样的作用？

潘　灵：我们当代的云南文学有两个时代：一个时代叫冯牧时

代，另一个时代，我们姑且叫它丹增时代。云南文学的冯牧时代，解放大军进入云南，一批解放军是文化人，他们进来以后面对的云南，不是今天看到的这个云南，那个时候云南是很封闭，很边远，不为外界所知的这么一个地方。他们来了以后，很多解放军部队作家，就有一个责任，就是要把云南传播出去，就是要让人们知道云南是个什么样子，所以出现了《芦笙恋歌》《山间铃响马帮来》，所以以部队作家为核心就创造了一个冯牧时代，这个时代的云南文学，就是把云南给介绍出去，通过文学的方式让大家知道：云南的少数民族是怎么生活的，风情民俗是怎么样的，还有他们怎么革命和搞边疆建设的。在这段时间，云南本土作家也是有作为的，他们从民间故事和民族生活中发掘素材，像《阿诗玛》《五朵金花》等，这些作品展现了云南的风采，让人们知道这是一个神奇美丽的地方。20 世纪 90 年代末，担任中国作家协会副主席的丹增来到云南担任中共云南省委副书记，在任上，他做了几件了不起的事情，一是大力发掘云南的原生态文化，特别是原生态的歌舞。原生态这个词在全国文化界的流行跟丹增是联系在一起的，云南的东西不仅能影响全国，还能影响世界。这是丹增的气魄。我认为，丹增是改变了云南印象的人。丹增来之前，云南给外界是个什么印象呢？一个偏远，有二十多个少数民族集居的，有毒品、艾滋病的那么一个地方，这个印象是有些负面的。为了要扭转这个形象，丹增用了原生态的方式，首先用原生态的歌曲，同时用原生态的舞蹈，就是以杨丽萍为首的舞蹈。在文学方面，他关心作家，给他们创造条件，营造了一个各级党委、政府都关心文学、关注文学的氛围。作家的创作潜力被激发了出来，在云南做一个作家成了有荣誉感的事情。丹增的努力，让云南成了一个到处是鲜花，到处是歌舞，到处是阳光，到处是蓝天白云的人间天堂。他的意义超越了文学，超越了艺术，直接推动了云南的旅游等事业。云南成为一个真正令人向往的地方，云南已经成为一种生活方式。我个人认为，丹增对云南的意义，怎么评价都不为过。

中国作家要学习西方文学作品故事的丰富性

万　忆：你的小说故事里面很多都很生动地诠释了云南地域文化，比如说你的《翡暖翠寒》，就对云南的翡翠文化是一种很好的传播。一个作家，如何在传播地域文化或者民族文化方面做一些事情？就是用自己的作品传播自己的文化。现在我们的国家不是强调说要把我们的中华文化向世界传播嘛，作为我们记者来说主要通过新闻报道，作为你们作家来说主要是靠作品，那你认为要怎么通过作品来传播我们中华文明中很优秀的东西？

潘　灵：作为一个作家，我们是一个文化的传播者，我们生活在现实中，不是生活在空中楼阁里面，事实上，我们看小说，读文章的时候——例如我们看马尔克斯的小说，就对南美有所了解——都跟作者生活的那个地方，写作的那个地方是密不可分的。这个时候，我非常讨厌把小说地名写成 K 市或者 Y 省。我的故事就在云南发生，这有什么不妥呢？要写好一稿真实存在的地方，是有难度的。你必须对这个地方的文化、民风、民情、历史都要有所了解，这些都是一个作家要做的功课，做不好这些功课，是写不好作品的。我认为，一个作家要进入一个地方，至少有几种方式：一种是亲身体验，就是身体力行到这个地方去感受、去发现；第二个就是以典籍的方式进去，所谓典籍就是诸如依靠地方志了解一个地方，就是方式之一；第三是通过民间的民俗也好，民间的工艺也好，这个地方独特的文化产品也好，或特产也好，通过这样的方式进去。通过这样的一些方式了解一个地方，这个作家就会有所收获。

万　忆：你的意思就是说，一个作家要想传播一个地方的文化，就得走进这个地方，深入了解它，然后找到这个地方可以带给读者的兴奋点。那么你在写《翡暖翠寒》的时候，为什么会选择玉石作为一个兴奋点呢？

潘　灵：我当时选择玉石这个东西，首先我知道东方的女人都喜欢这个东西，玉石在东方文化中有重要的地位。一个作家，要写出反映某个地域特征的佳作，你得找到那个地方最具代表性的东西。在腾冲，玉石——准确来说是翡翠，就是它最具代表性的东西。腾冲和翡翠，是连在一起的。它本身就是一座翡翠城。但就物写物，就风情写风情，这未免流于简单。我们现在的阅读者的欣赏鉴别能力都比任何时代要强得多。我说句实话，我们的《五朵金花》在当时来说是个精品，就像广西《刘三姐》是个精品一样，但是我们今天再写个《刘三姐》的小说，是发表不了的。我认为是这样，因为这两个过去的经典在今天看来，故事都太简单、太单一了。

万　忆：在传播地域文化和民族文化方面，除了找到这个兴奋点之外，在创作手法上应该如何创新才能更好地进行传播呢？

潘　灵：文学是向前发展的，我们的作家一定要知道今天的中国文学发展到了一个什么水平，世界文学发展到了一个什么样的新阶段。闭门造车是不行的。我们要看到自己的不足，要找出差距。中国传统小说，方法上有它的长处，但也有致命的短处。中国传统小说总是有个因果报应关系在里面，有因必有果，还有都是单线条的。我读中国小说的时候，比如《水浒传》，我读来读去，都觉得它缺少点什么。后来，我读西方的诸多经典小说，才恍然大悟，它缺少的是两个字：悲悯。《水浒传》杀人杀得那么惊心动魄，毫无怜悯之心，看不到那种西方小说中对人的悲悯，看不到那种人文情怀。还有就是单一的问题。当我们读海明威的《老人与海》，我们不知道那个老人到底是一个成功者，还是一个失败者，追问这个问题的时候，我们发现了它的丰富性，这是不是比单一的线条要好得多？小说家也是匠人，小说是有技法的，但没有一种技法是万能的。一个好的小说家，跟一个艺人一样，十八般武艺都应该了解、掌握，当然，各

研究·思考

213

有各的撒手锏。我故乡有一句俗话:"杀猪杀屁股——各有各的刀法。"

一个"孤独"作家的诞生

从看连环画中学会讲故事

万　忆：刚刚我们聊完了你的作品，还有你对文学创作、文化传播的理解，现在我们来聊聊你的人生经历吧。能不能先说说你的家庭情况？

潘　灵：我生于 1966 年，是"文化大革命"的同龄人，布依族。我的家乡在云南乌蒙山区的昭通，是一个金沙江流域的小山村，靠近四川。我父母育有六个孩子，我在家里排行老二，大哥两岁时候就没了。我父亲在离家七八里地之外的一个村子里的小学教书，是一个山村教师，当时学校只有他一个老师，所以他经常不能回家。母亲是个农民，没上过学。

万　忆：那你是怎么走上文学创作这条道路的？

潘　灵：我喜欢上文学，搞文学创作，是因为生活太贫困，梦想只能寄托在对物质条件要求极低的文学创作上。我在很小的时候就懂得了生活的艰辛。六岁时候我就会做饭。六岁半的时候，因为家里人口多，母亲在生产队挣的工分不足以换到家里所需的口粮，而父亲教书没几个钱。

生产队长见到这个情形，就给一头牛让我放。当时一个全劳动力一天能挣十二个工分，我放一头牛一天记五工分，相当于半个劳动力。我从六岁开始放牛，一直放到考上初中离开家。我上初二的时候牛病死了。我回家时家里给了一些专门留给我的牛干巴，是用这头牛的肉做的。可我怎么也不忍心把它吃下去。那时生活很艰难，没有什么油水，但是我始终没有吃那牛肉干，因为我跟这牛的感情太深了。我的童年是在一个极其封闭的环境下度过的，生活范围只有方圆十来公里。我生活的地方是一个峡谷，在滇东北最高的山——药山下面。当我们仰头看天，看到山顶时，往往连帽子都会仰掉，而看得到的天也只不过簸箕那么点大。我从小就幻想着山外的世界，多少次想爬到山顶，一览山外的世界。我很肯定外面的世界一定跟这里的不一样。但是，小小的我，爬不到那高高的山顶，也一直没有机会走出去。

万　忆：既然你在这样的一个环境下长大，那带给你文学启蒙的是什么呢？

潘　灵：我是一个做事很认真的人。以前我放牛的时候，很多放牛娃的牛都吃过别人的庄稼，有的把玉米地吃掉一片，但是我从来没有发生过这样的事。我父亲为了奖励我，他会在周末回家时，给我一两毛钱。我有钱之后，就找机会去镇上，当时镇上有一个小小的新华书店，只有一个店员。小孩都喜欢连环画，我也一样。每一次来了新的连环画书，店员就会给我留一本，所以我每一次去都能拿到新的连环画书。我就是靠看连环画，了解了外面的世界。连环画和故乡的青山陪伴我度过了童年。因为我看了许多连环画，所以很会讲故事。我们从小学四年级开始要写作文。作文老师觉得我的作文跟其他孩子的作文不一样，觉得我的作文有画面感、有故事感，不像其他孩子的那么空洞，因此我备受表扬。我很感激父母，特别是我的父亲，他是一个数学老师，但是他在文学上却无意识地给了我很多帮助。有次他出去，买了本《唐诗三百首》给我。当时这个书不容易买到。我除了看连环画书，还在长满了岩百合的山上背诵唐诗。背唐诗在当时还有一个妙用：当肚子很饿时，我就靠背唐诗来对抗饥饿。像"君不见黄河之水天上来"之类的，就是那个时候背的。一直坚持这样做，渐渐地我在背的过程中，"背出"了语感。

因为会写作文成为学校名人

万　忆：刚才你说因为背唐诗让你有了语感，因为看连环画让你的写作有了画面感，那这两个条件在你的中学时代有没有给你带来什么文学创作上的优势？

潘　灵：我小学毕业成绩比较好，以全县第三名的成绩考上了我们县上的中学。我语文考了满分，算术差一点，被分到了"鸡蛋班"。我们有四个初中班，一个叫尖子班，一个叫鸡蛋班——就是成绩比较差的班，两个普通班。我不明白为何被分到了鸡蛋班，也许是因为我的算术有点差，也许是因为我是山里来的。进了鸡蛋班，再加上自己是山里来的，我那时对别人的看法很敏感，觉得自己缺少荣誉感。我们那的孩子到县城上学是少不了要父母送去的，因为从我们住的那里到县城巧家一中，要走两天。走到县城时，我脚都走肿了。第一次到县城，我的第一个感觉就是大，就觉得那个县城怎么那么大。事实上那县城是很小很小的，只是自己一直在一个很小的地方生长，没到过外面，才觉得县城很大。跟我一起同去的孩子，在县城找不到路时，他们往往都会哭。父母送上学告别回家时，有些小孩更是哭得一塌糊涂，只有我一个人没哭，我只是看着父亲坐着乡间班车远去。我为什么没哭呢？因为到了外面的"大"世界，我心里充满了喜悦。可能这一点我跟其他人不一样：故乡在我心里，但外面的世界抓住了我的心。我到巧家一中不久，学校搞了一次作文比赛，我去应赛，交了一篇作文上去，没想到竟得了第一名。学校发了我一本笔记本作为奖品。虽然只是一本小小的笔记本，但直到现在，我都把它视为我人生中的最高的奖赏，因为它树立了我的自信心，给了我荣誉感。从那个时候，我名贯巧家一中，老师和同学都知道了学校里有一个文章写得很棒的潘灵。我的班主任是个语文老师，女的，对我越发关爱，让我做了学习委员。我在小学做学习委员，在高中做学习委员，在大学做学习委员，到鲁迅文学院去读高研班的第一班（首届高研班），我还做学习委员，这个好像是我的人生的宿命一样。

万　忆：阅读是文学创作的必由之路。你中学时期一般都看什么书？

潘　灵：我读书的时候，一直学习很好，不过我上课都不怎么认
真，但是我是个会考试的人。初中时我不逃课，天天
坐在桌子上看连环画。那时候已经有《三国演义》《水
浒传》《红楼梦》等连环画看了。到今天为止，我没有
看完过《红楼梦》的原著，但是看过它所有的连环画。
《红楼梦》到今天，我都看不下去，我不喜欢看《红楼
梦》，我更喜欢看《水浒传》《三国演义》。我觉得《西
游记》太重复，每个故事都是差不多。

万　忆：你的高中时期呢？高中时期还有没有继续自己的文学
之路？

潘　灵：我一直保持着参加作文比赛都得第一名的荣誉。我从巧
家一中，考到了昭通地区的民族中学。那时这个学校刚
创办，我是第一届学生，我是以第一名的成绩考上这个
班的。我们这个班在云南可是创造了"奇迹"的——培
养出了云南首富，他是班上数学最好的，我是语文最好
的。不过，当时可没这么自豪。因为是少数民族班，少
数民族的学校，一帮少数民族学生集中在一起，都是来
自贫困落后的地方，最严重的一个问题就是会产生自卑
心理，大多数人都会觉得跟汉族同龄人有很大差距，而
且我们旁边就是昭通一中，是云南省很好的重点中学。
但我在高中靠地区作文比赛获了第一名，成为学校的名
人，这增强了我的自信心，使我具有较大的心理优势。

上课写诗被老师没收

万　忆： 一路走来，与"文"为伴，可是，好像你上大学不是读的中文系？为什么？

潘　灵： 高中毕业的时候，我是能轻松考上重点大学中文系的，但是我们老师告诉我不能读中文，读中文出来以后找不到好的工作。我心里也拿不定主意。有人跟我说，我是教师家庭出身，应该报考教育系，出来之后就能去教育局。教育局是管中小学的。那时候我父亲已经是小学的校长了，我经常看到教育局局长唾沫横飞地对我父亲指手画脚，我想我去那种地方工作的话，我父亲会很自豪的。所以最后我报了云南师范大学的教育系，就这样成了教育系的大学生。

万　忆： 你大学时代的文学之路走得怎样？

潘　灵： 我进入大学以后，对自己学习的专业毫无兴趣。我在高中的时候成绩好，可享受到好学生的"礼遇"，但是进了大学以后，成绩好坏已不重要，在大学里面要想成为名人，一定要有特长，一定要篮球、排球等打得好，歌唱得好，舞跳得好，吉他弹得好——同学常说吉他是爱情的冲锋枪。然而这些恰恰都是我不会的。我就没有什么特长，进入大学以后我出现了心理落差。从小学到高中，我都是生活在"中心"的人，现在突然被边缘化了，那种优越感不存在了。我觉得很落寞，很孤独。

万　忆： 所以是不是可以这样说，你也是一个不愿意活生活在边缘的人？你当时是怎么摆脱这种孤独的？

潘　灵：我原本是一个功名思想比较重的人，不愿意活在边缘上。就在这个时候，我们学校成立了文学社。文学社成立后，中文系的同学就来发展文学社社员。文学社分为散文组、诗歌组、小说组。我当时本来很想报诗歌组的，但是从小就没写过诗，所以就报了散文组，进了文学社的散文组。实际上，我喜欢诗。

万　忆：对你最有影响的诗集有哪些？进了文学社之后，有没有发表过作品？第一次发表作品是什么时候？

潘　灵：我还记得，我们图书馆的管理员对我很好，我天天去那里看诗歌，他经常把诗歌书刊给我留着。如舒婷有本诗集叫《双桅船》，借的人很多，他就会专门留着一本一直摆在那里不借出，让我能天天去那抄写《双桅船》。我当时看到高年级的同学在课堂上或在林荫道上写诗，当时就想要是哪天我写的诗能上刊物多好。之后我也在课堂上写诗，有次就被我的现代汉语老师发现了——他后来当了云师大的校长。他当时很生气，就把我的诗没收了。下课的时候，他没批评我，而是过来告诉我：你的诗写得比中文系的学生还好。没挨批，还得到夸奖，我很庆幸这事就这样过去了。过了几天，我竟发现我的诗刊在了云南师范大学校报上，校报还给了我九块钱稿费。太出乎意料了，真是个大惊喜。这是我平生第一次拿稿费。我的父亲，在我考上大学以后就没有给我寄过钱，他以为我考进师范大学之后就有钱了。当时师范大学有十八块钱的补贴，但是十八块钱是不够的，一个月至少要四十块钱。我父亲没有给我钱，生活费只能自己想办法。突来的惊喜，让我知道了这个东西可以赚钱，我就接着写诗。我写的第二首诗在《大西南文学》（现在的《边疆文学》）上发表，得了十九块钱的稿费。我还记得，拿到十九块钱稿费后，我忍痛买了十本刊物，故意在我们大学的门口走来走去，希望碰见自己喜欢的女孩子，拿刊物给她看，说是我发表的东西。我在大学，就从那时候开始，天天在写东西。

从办《大家》到成为"大家"

万　忆：既然你那么喜欢诗歌，一开始发表的作品也是诗歌，那后来为什么没有朝诗歌这条路走下去？

潘　灵：我的问题出在哪呢？我大学时代前后发表了几百首诗，但是我的诗歌水平仅限于朦胧诗水平，之后我就没有跟上诗歌的浪潮。大学毕业后分配到昭通地委宣传部当干事，那时二十二岁，在那个地方工作之后，我依然写一些诗。但是突然感觉诗歌的才华已经尽了。当人家对朦胧诗实行反动的时候，我还在迷恋朦胧诗，在朦胧诗里面没出来，我很快就被新的诗歌浪潮给抛弃了，感觉自己写的诗歌跟别人发表出来的诗歌已经有距离了。后来发现自己不是搞诗歌的料，我是一个会讲故事的人，为什么要去写诗歌呢？在二十四岁生日那天，过完生日后，我记得还下着小雨，在那个淅淅沥沥的小雨中，我感觉我可能走错路了，需重新校正我的文学道路。从那天开始，我就写小说。我是这样走上写小说的道路的。

但是我写小说是走了很多弯路的。

万　忆：你后来当了一名杂志编辑，这个工作对你的文学创作有
　　　　没有帮助？

潘　灵：我二十四岁开始小说创作，二十四岁多一点，就从我的
　　　　故乡昭通，调到了昆明，进到了云南人民出版社工作。
　　　　我为什么调动呢？我一直认为，我那个故乡太小了，要
　　　　到昆明来，昆明离文学近一点。当时就是这样的感受，
　　　　所以调到昆明。我进了文艺部，成为文学编辑。这样我
　　　　跟文学的接触就广泛起来，跟云南的作家、外省的作家
　　　　交流就多了。1992年，云南人民出版社决定创办《大
　　　　家》杂志，1992年筹备，1994年创办。当时出版社的
　　　　领导决定要我去云南省图书馆把全国有名的所有文学杂
　　　　志看一遍，然后决定把《大家》办成什么样的杂志。作
　　　　为《大家》的创始人之一，我开始和全国的作家有了接
　　　　触，认识了很多文坛大家。

万　忆：可以这么说，你从创办《大家》，到后来自己成为一个
　　　　大家。你是从什么时候开始发表小说的，发表的第一部
　　　　小说叫什么？

潘　灵：我从来都不敢以"大家"自诩，我认为我就是一个喜欢
　　　　写小说的匠人。开始上班的时候，生活很困难。到昆明
　　　　上班后，就开始恋爱了，准备谈婚论嫁了，但是身上分
　　　　文全无，每个月都是月光族。这个时候，有个作家朋友
　　　　说让我写长篇小说，当时写长篇可以赚钱。这样我就写
　　　　了我的第一部长篇，叫《血恋》，是写艾滋病的长篇小

说，发了十二万本，书商给了我三万六千块钱，最后有一个书商又盗版了两万本，那个书商号称是西安黑社会的老大的大哥，他在杭州见了我，跟我说他手头紧，盗版了我两万本，听说我要结婚，给我五千块钱，当作稿费。他就那意思：手头紧，没钱，你自己看着办吧。我听说他背景不一般，不敢得罪他，就把五千块钱收下了。他当时还说：你拿那五千块钱去买个沙发吧。后来我真的去买了个沙发，一个牛皮的沙发，直到前年才把它扔了。

万　忆：当时为什么会写艾滋病这么一个题材呢？

潘　灵：因为要吸引别人的眼球。当时在云南艾滋病已经成为一个新焦点，在云南边境地区已经有艾滋病人，而我对艾滋病又有一定的了解。我觉得当时我们接受了西方现代主义思潮的这批年轻人很迷茫，觉得我们都在透支自己的青春。事实上我写艾滋病是有象征意义的：我觉得我们都患上了不可救药的病，患上了"获得性免疫缺陷综合征"那样的病。这小说写完之后，我就结婚了。环顾新房之后，我感到很惊讶：家里的洋酒、西装、皮鞋、皮带，床上用品都是书商送的。书商对我真是无微不至的关怀。这个书商为什么对我这么好呢？原来他把我当成他赚钱的一个工具。他告诉我要怎么写，名字要怎么改，老在我的书里面加一些很龌龊的插图。后来我不得不离开他们。我在这种快速的写作过程中，意识到这样的写作对我非常有害。当我逐渐有了点钱，结了婚，经

研究·思考

223

济上稍微宽裕了一些后，我意识到我必须转变，于是我再一次转身。

万　忆： 所以这是你文学创作道路上的第二次转型，第一次是从诗歌到长篇小说。这一次你是从长篇小说转型到什么呢？

潘　灵： 我怎么转呢？从写长篇，一下转到写中短篇是很困难的，我就选择了中篇小说。北京的《十月》杂志当时开了个栏目叫"小说新干线"，首发的是蔡晓航的作品。我是第二个被选中的。我就在那发表我的中篇。我的中篇小说写出来之后，反响很不错，马上引起了评论家的争鸣。当时我就觉得我应该在这条路上继续往前走，所以我就成为云南省的首批签约作家。这个签约，我们是有任务的——省作家协会给你一笔钱，但是必须要按她的要求，在全国重要的刊物上发表一些作品。后来我每年都是超量完成，发表了很多作品，自己很开心。

文学创作道路上的"瓶颈"

万　忆： 在走上工作岗位后，对自己文学创作的道路有过哪些探索？

潘　灵： 2002 年，我去鲁院上学。鲁迅文学院，2002 年由中宣部、中国作协联办，被称为文学界的"黄埔军校"，我是一期鲁迅文学院高级研修班学员。我去了以后，班级上获得鲁奖的人很多，还有获得茅奖的，因此，我们班被人们叫作"明星班"，学员都是全国有点名气的作家。跟这么一批人的作品一比，才发现，自己的写作根本算不上什么。我开始怀疑自己写作的价值，我就开始进行一些探索，后面我发表了像《一只伤心的猫》这样的中篇小说。有评论家评论说，很像20世纪60年代拉美的魔幻现实主义的那种小说。这样的小说我也尝试着写了一些，但是写来写去，也没多大起色，事实上我的文学就进入一个瓶颈期。我从鲁院上完学回来以后，不会写了，写作对我来说有难度了，有门槛了，不能像以前那么随心所欲了。我开始追问自己：我这个写作有没有意义？我的写作是不是没有点新的东西？是不是跟其他的不一样？我就一直在考虑这样的问题，回来以后好长时间基本没有创作。

万　忆：你下一步的创作计划是什么？有没有什么新的作品？

潘　灵：我正在创作《风生水起》这么一个小说，这个小说出来以后，可能文坛对我的看法会有所改变。我要写什么东西呢？我一直在想，中国的历史，我们从来都说是革命的历史，这一百多年来，辛亥革命、资产阶级革命、新民主主义革命、社会主义革命，如果没有革命会怎么样，我们走宪政的路，走改良的路，会怎么样？这个想法一直在我脑海里，我就想写当年的一位老人，或一个士绅，或乡绅阶层的一个人，他把他的孩子送去日本学习君主立宪，然后他的孩子去了日本以后没有去学习宪政，偷偷去学了军事，回来以后参加了辛亥革命。然后他的几代人，就在要革命还是不要革命中纠缠。内容深繁复杂，现在感到有点吃力。因为这个度很难把握，稍

微有点偏差就可能成为一部有问题的小说，稍微不注
意，可能又写得不真实。所以我现在在这个上面很小心
翼翼。不过目前我基本还满意，写了八万多字了。这个
总共会写四五十万字。

万　忆： 过去你的小说里面的故事背景多是放在云南，用故事来
传播云南的本土文化，你的这部小说的故事背景还是放
在云南吗？

潘　灵： 我的故事背景还是放在云南——我的故乡。我写故事都
喜欢以四两拨千斤的方式开场。开篇怎么写呢？写一个
去日本留学归来的人，他父亲希望他能够向人民宣传西
方宪政，但是他回来以后带了一架望远镜，一把推剪。
因为我的家乡是在金沙江边，金沙江对面是四川凉山
州，彝族的姑娘在山上放羊唱歌，我们在江这边，她在
江那边。故事就在这种环境下展开。他就架个望远镜，
海军的那种单筒望远镜，架在那个地方，让镇上所有的
年轻人来看美女。对用望远镜的年轻人，他只有一个要
求，就是要把头发给剪了推了。就这样搞了个开头。这
个故事里面充满了革命，充满了背叛，也充满了爱情，
好多很残忍的故事在里面。

万　忆： 你创作这部小说的过程中主要考虑的问题是什么？

潘　灵： 我在写《风生水起》的时候，有这样一个想法：作品的
主题绝对是第一位的，它要表达我的思想，表达我的情
感，而作品带来的其他效应，比如有人说，要写出故乡
的风土人情，对地方的文化产业进行推动，等等，我觉

得这些是次生产品。首先要写好作品，然后再追求这些东西。我们不能把文学作为一个文化产业来做，这是我的想法。文学是一个事业，不是一个产业。如果把文学作为一个文化产业来做的话，是要做出问题来的。

不以获奖论英雄

万　忆： 这段时间，网上各种文学圈子里对鲁迅文学奖、茅盾文学奖的评奖方式、导向意义，以及对作品的评价方面存在着这样那样的议论，那么你是如何看待这两个奖在背后推动中国文学发展的意义的？

潘　灵： 我是这样认为的：评奖嘛，文无第一，武无第二，是吧？特别是评这个文学方面的奖项，要做到绝对公平是不可能的。但是，评奖——不管在中国也好，在世界范围内来看也好，又是一个不可少的机制，就是说还是需要评奖的。我是这样看的，茅奖和鲁奖对中国文学还是有很大的推动的，当然在这个评奖的方式方法上，这样那样的局限也是有的，这个局限就是说可能有些真正好的作品，没有被关注。

万　忆： 因为题材的原因吗？

潘　灵： 还不仅仅是，可能方方面面的原因，关系方面的原因啊，知名度方面的原因啊，或者是当时的意识形态方面的原因，各种方面的原因吧，可能都影响这个评奖。但是我认为，鲁奖和茅奖评出来的作家还是相对靠谱的，这些年以来，我觉得像茅奖这几部作品，我认为重要的作家和作品都获奖了，只不过获奖后，有些作家会显得

研究·思考

227

有些遗憾，可能他们获奖的作品都不是他们最好的作品，包括莫言。所以我就觉得，有时这个奖项给人的感觉有一种补偿性质，就是说过去我们没给你，现在我们给你。因为奖有好处，除了荣誉以外，还有很多很实际的东西，有实利在里面，这样呢这个奖的问题就会出来，就是说有人会去活动。为什么去活动？就是因为人们看重它。如果鲁奖、茅奖一无是处，就没有人去活动。有人去活动，就证明这个奖是有价值的。但是活动可以影响这个奖，就证明这个奖在评奖机制上，或者某一环节上有问题。事实上也是对中国文人的一种考量。如果连文学奖都显得如此不纯净、不纯粹的话，那么我就觉得不仅仅是文学的悲哀，可能是民族的悲哀了。

万　忆： 那么你觉得应该如何来改进这两个奖的评奖机制呢？

潘　灵： 我觉得这个评奖的过程中，可能会受到方方面面的干扰，这个是难免的，但是每一次评奖，像我买一本杂志一样，如果这一期里面能有那么一到两个可以的话，我就觉得这个奖功德无量。我觉得这两个奖项的评奖，今后应该有所改良。这个评奖是不是一定非要让评论家来评，可不可以由作协这一条线上的人来评，是不是可以采取一种更好的办法？假如说有更多的人来推选一个评委会，这样是不是会好一些？或者说这个评委组成人员名单，永远都不公布，或者说我们选一百名评委到北京，随机再挑选三十名，这三十名马上在北京就封闭下来，把这个奖评完。可能这样的话，这个奖就更公正一些。但是我觉得最主要的还是整个社会的风气要正。另外一点就是，我们不要凭奖来看待作家。我感觉到现在这个问题很严重，好像都在以奖论英雄，这在各个地方，特别在省一级是太严重了。在云南，如果你获得了鲁奖——我们这里茅奖还没人获得——那么你的地位就得到了飙升。以奖论英雄这种方式肯定就带来弊端，就是说有人会去活动，有人会不惜代价地去弄这个东西，因为这个东西可以给他带来另外的好处。这样问题就很严重。

万　忆： 你觉得写作对一个作家来说意味着什么？你写作的动力是什么？除了你之前说的贫困跟孤独以外。

潘　灵： 我觉得写作这个东西对作家来说，是一种精神上的东西，看你喜不喜欢它。我说我是因为贫困而写作，贫困是我当时写作的斗志，但是最后让我坚持下来的，却是一种精神需求。我这个人很贪玩，喜欢打球、打麻将。我经常去打麻将，技术又好，经常赢很多钱回来，但是我内心空了，早上阳光灿烂的时候，我熬了一个通宵的那种疲惫，加上心里那种空空的感觉，我觉得很不舒服、不踏实，而有时我在家里面，写他个五百来字，就觉得很满意，这时我猛然拉开窗帘，站在书房看外边，我就有一种好像我可以主宰一切的感觉，这个带给我的快乐更多更大，这是我创作的不竭动力。

万　忆： 既然你刚刚说不要以奖来论英雄，那么应该如何来评判一个作家是不是一个大家呢？

潘　灵： 我想一个作家，如果他能够写出经得起时间检验的好作品，又能超越金钱，超越荣誉，超越那些奖项，超越一些世俗的东西，这个作家也就成"家"了，也就是大家了。如果我们还在纠结于生存，像我一样还在因为贫困而写作的话，如果我们还在纠结于为这个那个奖而写作的话，那我就觉得我们都还很小家子气。所以，我觉得真正的大家对于获不获奖是看得很淡的。像托尔斯泰，他没有获得过诺贝尔文学奖，但大家都认为，那不是托尔斯泰的错误，而是诺贝尔奖的错误。

（万亿　张亮华）